DE LA MÊME AUTRICE

LE SYNDROME DE L'IMPOSTEUR, *roman graphique*, La Découverte, 2019.
NOUVELLES DU DERNIER ÉTAGE, *roman graphique*, Seuil, 2021.
MON MUSÉE IMAGINAIRE, *roman graphique*, La Découverte, 2023.
MONSTRES EN FLEURS, *livre jeunesse*, Helvetiq, 2024.

LE NON-ÉVÉNEMENT

CLAIRE LE MEN

LE
NON-ÉVÉNEMENT

nrf

GALLIMARD

I

Au deuil intériorisé, il n'y a guère de signes.
C'est l'accomplissement de l'intériorité absolue.
Toutes les sociétés *sages*, cependant, ont prescrit et codifié l'extériorisation du deuil.
Malaise de la nôtre en ce qu'elle dénie le deuil.

ROLAND BARTHES,
Journal de deuil

La première fois qu'elle entend ce silence, elle a vingt ans. Elle est étudiante en médecine, troisième année, pas si ignorante des choses du corps, donc. Elle ne sait pas encore ce qu'elle choisira comme spécialité, on lui dit souvent qu'on la verrait bien pédiatre. Pédiatre, parce qu'elle est si douce… Maternelle ? La réflexion l'agace un peu. C'est vrai pourtant qu'elle aime les enfants, elle sait s'en occuper, elle prend soin d'eux presque tous les soirs après la fac. Les parents trouvent ça rassurant que cette baby-sitter, Lucile, soit étudiante en médecine. Dans différentes familles, elle s'occupe des enfants, et dans l'une de ces familles, il n'y a qu'un seul enfant. Sa mère a eu du mal à l'avoir, Lucile le sait des autres mères qui lui disent tout, au parc, derrière l'école.

La semaine précédente, à la sortie des classes, la mère de cet enfant unique a dit à Lucile, parce qu'elle était trop heureuse, et parce que dire quelque chose à cette étudiante si gentille, c'est presque comme dire quelque chose à un docteur, elle lui a confié tout bas qu'elle était enceinte. Ce n'était que le début, mais elle était si contente qu'elle l'a partagé avec Lucile.

Et voilà que cette mère laisse déjà un message sur son téléphone, moins d'une semaine après, elle lui explique des choses sur le goûter de l'enfant unique ou sur l'heure à laquelle il faudra aller le chercher ce jeudi et à la fin du message, elle lui dit qu'elle a fait une fausse couche la veille. Lucile n'entend pas très bien les derniers mots, mais bon elle a compris, et surtout elle a senti la douleur. Elle l'imagine bien cette douleur, même si elle ne la connaît pas, pourtant elle ne sait pas comment y réagir. Elle a beau étudier le corps, la vie, la mort toute la journée, apprenti médecin qu'elle est, elle ne sait pas ce qu'on fait face à ça, alors elle écrit à une amie, sa voisine d'amphi, meilleure élève qu'elle, peut-être qu'elle sait : « Qu'est-ce qu'on dit à quelqu'un qui a fait une fausse couche ? » Puis elle va aux toilettes, parce que c'est ce qu'elle allait faire quand elle a écouté le message. Elle est désolée pour la mère de l'enfant unique, elle pense à son visage si heureux il y a une semaine, sa voix si monocorde aujourd'hui, elle se lave les mains, tout ça est assez automatique et soudain elle se demande à qui elle a envoyé ce message. Elle n'était pas très présente, elle angoisse, elle ouvre son sac pour prendre son portable, pour dissiper ce doute affreux et merde, elle le savait, elle a envoyé le message à la mère de l'enfant unique. Quelle conne, c'est pas possible, qu'est-ce qu'on dit à quelqu'un qui a fait une fausse couche ? On ne dit pas « Qu'est-ce qu'on dit à quelqu'un qui a fait une fausse couche ? » à quelqu'un qui vient de faire une fausse couche. Là, elle ne sait vraiment plus quoi dire, elle est tétanisée dans les toilettes de la fac, mortifiée de sa gaffe, en plus elle l'aimait beaucoup cette mère-là, comment se rattraper maintenant ?

Quelques minutes passent. Son portable vibre enfin, c'est la mère de l'enfant unique, une réponse brève : « Oui, moi. » Lucile ne comprend pas d'abord. Puis elle se dit que la mère a dû être si perplexe devant le message qu'elle a pensé que Lucile avait voulu écrire « Qu'est-ce que tu dis, y a quelqu'un qui a fait une fausse couche ? » et donc elle a répondu : « Oui, moi. » Un peu froidement quand même, car le texto de Lucile n'était pas très délicat. Elle est soulagée, elle respire de nouveau, ouf, une porte de sortie, alors elle répond vite, un message à toute vitesse, quelque chose de circonstance, désolée je n'avais pas bien entendu, je suis vraiment désolée d'apprendre cette nouvelle, un truc du genre. Quel soulagement, le malaise est passé, la mère répond merci et puis voilà, c'est fini. On peut oublier cet événement malheureux. La fois suivante, la mère n'en reparle pas, Lucile non plus, elles n'en reparlent plus jamais. Ce n'est pas comme s'il ne s'était rien passé, c'est sûr, Lucile perçoit une gêne au début évidemment, elle se sent bête, elle ne sait pas s'il faut revenir sur cet épisode. Alors elles parlent d'autres choses et la fausse couche reste derrière, dans son silence. Pas un silence de mort ni un silence de recueillement, non, un silence lointain recouvert du brouhaha de paroles qu'échangent Lucile et la mère de l'enfant unique pour ne pas l'entendre, ce silence terrible.

En fait, non, ce n'était pas cette fois-là, la première fois que Lucile a perçu ce silence ni la première fois qu'elle a fait l'expérience de ce malaise, de cette gêne. À bien y réfléchir, elle avait vaguement ressenti cette chose, quand elle était enfant.

Elle a longtemps supplié sa mère de lui donner un petit frère ou une petite sœur. Mais c'était toujours cette réponse : « Ah non, cinq enfants, ça suffit ! C'est fini... » Et Lucile trouvait cette réponse assez injuste, elle qui était la cinquième et qui était la seule à n'avoir pas eu droit à un petit frère à cajoler, une petite sœur à dorloter. Elle suppliait sa mère : « Je m'en occuperai, tu n'auras rien à faire ! », comme si un petit frère ou une petite sœur, c'était un lapin ou un chat et qu'on lui avait répondu : « Ah non, c'est encore moi qui vais devoir changer la litière, si on te laisse avoir un lapin ! Quand on a autorisé ta sœur a avoir un chat, elle n'enlevait jamais les crottes, il faisait pipi partout, les animaux de compagnie, c'est fini ! » Ce petit frère ou cette petite sœur, c'était un cadeau qu'elle demandait, une poupée merveilleuse, et elle trouvait ça plutôt injuste que sa mère le lui refuse, alors que le présent était à sa portée. Elle pouvait faire un enfant, la preuve, elle en avait déjà eu cinq, alors que Lucile ne pouvait pas : les enfants n'ont pas d'enfants. Le raisonnement s'arrêtait là. Mais l'injustice ne s'arrêtait pas là, car Lucile n'était pas seulement la plus jeune de la fratrie, mais aussi la plus jeune de tous les cousins. La petite dernière, qui n'avait aucun bébé à soigner. Jusqu'à ce qu'un miracle arrive : un oncle vint un jour à Noël avec une nouvelle femme, une femme plus jeune et très belle, elle portait des collants et sentait le parfum, ses cheveux étaient doux, elle soulevait Lucile à ses genoux et Lucile l'aimait parce qu'elle la câlinait, qu'elle la trouvait belle, qu'elle sentait bon. Quelques jours avant ses six ans, cette tante offrit à Lucile le cadeau dont elle rêvait : elle lui donna une petite cousine. Une cousine et un cousin, en réalité, mais le cousin partit si vite qu'on n'en parla plus jamais. Plus tard, il arrivait que Lucile s'en souvienne, et elle ne savait pas si elle l'avait rêvé, elle n'était plus tout à fait sûre de ce qui s'était passé. Un jour, elle questionna sa sœur aînée à ce sujet qui lui répondit qu'il ne fallait pas en parler, surtout pas à leur cousine, qui n'avait jamais su qu'elle avait eu un jumeau. Parfois le souvenir de ce fantôme retraversait Lucile et c'était toujours comme quand elle était enfant, vaguement effacé comme un rêve. Enfin, Lucile avait surtout vu arriver avec joie cette tante et cette cousine qui était restée en vie. Elle pouvait s'occuper de la cousine comme de la petite sœur que sa mère lui avait toujours refusée. Elle avait le droit, avec la tante, de la prendre dans ses bras, de la baigner, de la nourrir – même de goûter une cuiller de la compote à la banane ! –, de souffler sur son petit nombril pour la faire rire, de la regarder, regarder ses grands yeux verts, toucher ses boucles de bébé, sentir son odeur de douceur… Vraiment, c'était le plus beau des cadeaux pour les six ans de Lucile. Et Lucile aimait autant cette tante que le bébé qu'elle voulait bien lui prêter. Enfin, la tante lui confia que ce bébé, qui avait grandi, allait avoir un petit frère ou une petite sœur. Lucile était ravie de cette nouvelle et de cette confidence, il lui semblait qu'elle lui avait dit comme un secret. Elle se sentait fière de ce privilège, peut-être que ce n'était pas le cas, peut-être que tout le monde le savait. Peut-être même que cet épisode se situe plutôt avant la naissance de la petite cousine. Tout cela est trop mélangé dans le chaos des souvenirs d'enfance qui imprime mieux les scènes que la chronologie. Enfin la scène, la voilà : un jour, la petite Lucile se souvient brusquement de cette histoire de grossesse, de ce futur cousin ou cette future cousine qui l'avait réjouie, est-ce que la tante ne lui avait pas dit qu'elle attendait un enfant ? C'était quand déjà ? Elle ne sait plus trop, mais elle demande brusquement à sa mère, dans le salon, près du billard Nicolas, ce qu'il en est de cette histoire. Le billard Nicolas arrive au niveau des yeux de Lucile, elle souffle sur la bille en liège avec les poires du billard, la bille retombe toujours du même côté parce que la table est bancale. Lucile lâche la poire et la question dans le même temps : quand est-ce que le nouvel enfant va arriver ? Les adultes sont sur des chaises autour du billard. Qui ? Sa mère, c'est sûr, une autre tante et, peut-être aussi, la tante concernée. On ne sait plus. Ce qui est certain, c'est la réaction de sa mère qui se raidit ; la sensation d'avoir dit quelque chose qu'il ne fallait pas dire. Sa mère qui, gênée, veut étouffer ce que Lucile a dit : elle lui répond quelque chose pour la faire taire, il y a ce mot « fausse couche », peut-être qu'on lui dit qu'il ne faut pas en parler. Lucile ressent sans le comprendre ce fameux malaise, ce silence qu'on essaye de couler sur le malaise pour le faire disparaître, elle ne sait pas vraiment ce que cela veut dire une « fausse couche », mais elle comprend qu'il n'y a plus de bébé à venir, plus de joie. Il n'y a plus que de la gêne et ce mot « couche » qui lui évoque quelque chose de sale et honteux, comme si la tante s'était fait pipi ou caca dessus, comme si c'était embarrassant et qu'il ne fallait surtout pas en parler. Voilà un sujet sur lequel il vaut mieux s'abstenir, retient probablement Lucile.

Tout ça, Lucile n'y pense pas aujourd'hui, quand elle lit le résultat sur le bâtonnet. Ce sont des souvenirs rarement consultés, qui n'ont même jamais été traités, ils sont menacés d'oubli. Ils sont gardés dans un repli de la mémoire où l'histoire s'est déjà presque effacée pour ne retenir qu'un vague sentiment, une éventuelle émotion à éprouver dans les situations semblables.

Quoi qu'il en soit, elle n'y pense pas, non, face à ces deux petits traits.

Tout a commencé avec ces deux traits. Deux petits traits dont l'un était presque incertain : effacé, timide, pas trop sûr de lui. Il avait lui-même l'air de ne pas trop y croire. Pourtant c'était bien vrai : un deuxième test et encore une fois ces deux traits par lesquels tout commence, qui disent qu'on y est, oui c'est bien ça, c'est positif.

On relit la notice qui n'est pourtant pas compliquée : un trait c'est niet, deux traits c'est déjà l'ébauche d'un dessin, il y a quelque chose, c'est sûr.

Comme il a existé à partir de ces deux traits, Lucile pense que ce sont ces deux traits qui ont esquissé son corps, c'est à partir d'eux qu'il a commencé à se former et depuis, il lui est impossible de jeter ce petit bâton imbibé d'urine. Elle a regroupé les deux tests dans une même boîte quand même, elle a consenti à jeter la deuxième boîte en carton vide, mais l'autre, celle qui contient les quatre traits (ça se divise, ça se multiplie vite à cet âge-là), impossible de la jeter. Au début, elle a pensé que ce serait pour quelques jours seulement, peut-être en attendant le résultat officiel du laboratoire. Une sorte de preuve, au cas où on lui dirait, non désolée, c'était une erreur. Une garantie : elle aurait pu dire « Mais si ! Voyez vous-même, j'ai ici quatre petits traits qui attestent que j'ai raison, presque un début de pétition de soutien à ma cause ».

La confirmation ne lui a pas fait jeter la boîte : elle l'a simplement déplacée du salon à son bureau, où elle est encore et maintenant il est trop tard pour s'en débarrasser, ce serait comme le mettre à la poubelle et elle se dit qu'elle ne pourrait que s'en vouloir si elle faisait une fausse couche après. Pensée magique.

C'est un peu excessif, mais il paraît qu'il ne faut prendre aucun risque.

« Vous attendez un enfant », lui explique le formulaire CERFA numéro 50040#05. Ça devient vraiment sérieux, même l'État y croit…

Il y a comme une fierté à savoir que pour eux aussi c'est important. L'événement le plus banal de l'histoire de la vie, le plus extraordinaire de l'histoire de sa vie, compte aussi un peu pour les organismes compétents, ils souhaitent être tenus informés de cette affaire.

C'est loin pourtant et il faut soupeser des bouteilles d'eau pour s'imaginer avec trois kilos cinq dans les bras.

Ce papier non plus, elle n'a pas pu le jeter. Elle l'a rangé à côté de la boîte, car ce n'est quand même pas rien, un document qui vous dit « Vous attendez un enfant ». Une simple feuille. Si elle savait bien faire des origamis, elle en aurait fait une cigogne, mais elle ne sait faire que les grues. Il est bizarre ce papier, d'apparence si commune, il ressemble à un document qu'on laisse traîner longtemps sur le bureau, avec ses airs de facture ou de feuille de soin qu'on rechigne à remplir. On dirait qu'elle a gagné le ticket d'or, comme dans *Charlie et la Chocolaterie*, il n'y en avait que cinq dans ce programme audacieux proposé par le gouvernement : cinq personnes tirées au sort recevront une bonne nouvelle. Il y avait «Vous avez gagné un million», «Vous allez tomber amoureux», «Vous êtes guéri de votre cancer», «Vous êtes dispensé d'administratif» et le dernier, celui qu'elle a eu, «Vous attendez un enfant».

Cette phrase suffit au début à remplacer l'absence de manifestations plus éloquentes : elle se lève avec cette phrase, elle se la répète et la phrase ne perd jamais ni son charme ni son effet de surprise, elle rend la nouvelle réelle. C'est une formule magique, qui efface toutes les autres préoccupations, elle prend toute la place et ces choses qui ennuyaient ou inquiétaient Lucile ne sont plus si importantes. Elle rit quand elle pense à ces impossibles Dry January avortés avant la fin, car tout semble si simple maintenant qu'il y a cette raison.

Même la fatigue qui l'enveloppe et l'assomme semble être un agréable édredon dans lequel on s'enfonce, puisqu'elle invoque cette phrase invraisemblable «Vous attendez un enfant». Que de pouvoirs dans ces quelques mots, qui se manifestent chaque jour sous différentes formes : cette sédation, ce goût métallique dans la bouche, une subite envie de gaufre fourrée lilloise, un odorat décuplé ou cet appétit d'ogre...

Elle se réveille chaque matin avec cette phrase «J'attends un enfant», c'est sa première pensée, il faut s'y faire, à une pensée pareille. Il y a peu encore, cette phrase aurait été effrayante, un enfant impensable, jusqu'à ce qu'ils décident, il y a juste trois semaines, pourquoi pas finalement? Elle ne sait plus comment l'idée s'est présentée, elle est peut-être évidente après tout, mais elle leur apparaissait un peu folle et excitante, cette idée, au milieu de tous ces confinements. Il paraît que ce n'est jamais le bon moment; difficile à croire, vraiment, ils allaient se lancer? Oui, de toute façon, on pouvait essayer, on verrait bien, ce sera peut-être long, ils sont peut-être même stériles, par les temps qui courent, on n'en sait rien… Et puis deux semaines plus tard, voilà, il y avait ces deux traits sur le bâtonnet et une semaine après, ce papier «Vous attendez un enfant».

En fait, elle n'aurait pas dû l'avoir si tôt ce document, il est normalement pour plus tard, mais la sage-femme devait être pressée, elle a fait la déclaration de grossesse dès leur premier rendez-vous. Alors Lucile apprend cette phrase par cœur, elle se la répète pour s'y préparer, elle doit tout imaginer avec cette phrase, une autre vie, une autre Lucile, rien ne sera plus pareil. Elle imagine et ce n'est pas désagréable, elle s'assoupit, car la sage-femme lui a dit que c'était normal, l'effet de la progestérone, alors elle s'endort facilement avec cette phrase, elle se laisse envahir par cette phrase et ce sommeil paisible. Cet état de quiétude dure deux mois, elle accueille chaque matin la phrase avec joie, jusqu'à un changement imperceptible, entre Noël et le jour de l'An. Ce n'est rien, c'est sans doute la nausée tant redoutée. Elle pensait en avoir été épargnée, la sage-femme lui avait dit que si elle l'avait évitée jusqu'ici, elle était sauvée. La nourriture ne lui fait plus tellement envie, une sorte de dégoût. Elle ne se sent plus si bien, elle se dit que c'est peut-être seulement parce que tout le monde fume et boit, ce sont les fêtes et on passe dans la pièce d'à côté pour ne pas fumer à côté d'elle, partout où elle va, on se lève pour fumer plus loin. Les fêtes de fin d'année, c'est tout ce que les femmes enceintes doivent éviter : le vin, les produits de la mer, les fromages, les discussions jusque tard dans la nuit alors qu'elle tombe de fatigue. Ça doit être ça, tout simplement, pourtant elle n'a pas non plus envie de rentrer à la fin des vacances, elle n'a envie de rien, ce dégoût alimentaire est comme généralisé, elle est dégoûtée par son bureau, dégoûtée de son travail, tout est soudain plus lourd, sans raison. Aujourd'hui encore, la simple vision de ce qu'elle créait alors suffit à provoquer une sensation physique d'écœurement. Elle attend pourtant un enfant, elle s'accroche à cette phrase, la phrase fait encore son effet, cette phrase est essentielle, elle se sent fatiguée. Pas la fatigue des deux premiers mois, maintenant une fatigue accablante, mais elle ne va pas se plaindre, elle attend un enfant. Il paraît que le premier trimestre est plus difficile, que tout va mieux au deuxième, on retrouve son énergie, les nausées s'arrêtent, alors elle attend le deuxième trimestre et elle se dit, pour se donner du courage, qu'elle attend un enfant. Elle se sent coupable de ne pas être plus épanouie par cette grossesse, elle n'ose pas le dire, qu'est-ce que ça raconte d'elle ? Peut-être que cette déprime déconcertante est simplement due à la fatigue qui l'empêche d'être active, elle n'est pas habituée à ne pas s'agiter, ce n'est pas forcément de mauvais augure pour le rôle qui l'attend. Une fois, elle évoque cet accablement avec sa mère qui lui demande de ses nouvelles. Elle répond qu'elle ne se sent pas aussi bien qu'au début, elle essaye de parler de la lourdeur qui s'est abattue sur elle, une chape de plomb, peut-être que sa mère lui dira que c'est normal, elle a eu cinq enfants, elle doit savoir, mais à l'autre bout du fil elle la sent qui se tend, elle entend son air horrifié. Sa mère lui fait doucement comprendre que ce n'est pas ça qu'on dit, ce n'est pas ce qu'on doit ressentir, elle l'encourage : « C'est une bonne nouvelle quand même ! » Sa gorge se noue, Lucile dit oui, oui, bien sûr. Et elle se répète qu'elle attend un enfant, elle le veut cet enfant, c'est vrai qu'il s'est présenté tout de suite, avant même qu'elle se fasse à l'idée, mais elle le veut, si, bien sûr. Que répondra-t-elle à cet enfant quand il lui demandera pourquoi elle avait voulu lui donner la vie ? On ne peut plus se retrancher derrière un accident. Lucile n'appartient pas à la génération de sa mère où la maternité était une évidence ni à celle de sa grand-mère où elle était inévitable. Elle est d'une époque où l'écoféminisme existe et s'impose, où on entend que des SEnVol (Sans enfants volontaires) ou Ginks (Green Inclination, No Kids) renoncent à la procréation par pragmatisme écologique. D'une génération qui se demande très sérieusement pourquoi on fait des enfants, qui écrit des livres et des articles sur le sujet, une génération qui ne peut pas faire semblant de ne pas être au courant du mur qui s'approche. Elle savait bien que le désir d'enfant est irrationnel et égoïste puisqu'il s'agit de désir, bien sûr qu'on fait un enfant pour soi, mais cette responsabilité existentielle la tourmente soudain. L'imminence de l'enfant à venir réveille des questions vieilles comme l'humanité. L'enfant qui vient la réveille, l'empêche de somnoler. Ces questionnements sont-ils à l'origine de cet état dépressif ? Ou alors c'est l'inverse, la grossesse la fait décompenser sur le plan psychiatrique, c'est bien possible, et ces pensées ne seraient que le symptôme d'un pessimisme dépressif. Ah la vieille rengaine, la voilà qui repart dans ce vieux débat, l'éternel dualisme, la rationalité neurobiologique face à l'idée de l'esprit. L'œuf et la poule. Les pensées provoquent-elles l'humeur ? Ou l'humeur n'est-elle que le reflet de notre chimie interne ? Déterminisme neurobiologique ou autonomie de la réflexion ? Faut-il donner du crédit à ces idées dépressives, est-on plus lucide ou moins lucide quand on est privé de neurotransmetteurs ? Ah non, ça ne va pas recommencer, ce défilement stérile d'idées, ce flux qui lui file entre les doigts, des pensées qui ne la laissent pas en paix. Un peu de silence, s'il vous plaît ! Calmons-nous, tout cela s'explique très simplement par le premier trimestre, ça ne se dit pas, mais on le sait quand même, que ce n'est pas toujours facile. Toutes les femmes ne vivent pas leur grossesse de la même façon idyllique, c'est un fait. Elle ira mieux à la fin de ce trimestre, c'est pour bientôt, courage ! Elle n'avait pas imaginé ce mois, ça non, le début avait été si agréable, mais l'échographie du troisième mois approche, elle l'envisage comme une libération. À un moment, elle pense à la fausse couche, elle ne pourra jamais recommencer si ça lui arrive. Elle n'aurait plus le courage, retraverser cet état, non, impossible, mais c'est bientôt fini, elle arrive bientôt à la fin des trois mois. J'attends un enfant, se dit Lucile, et la magie opère encore, la phrase n'a pas perdu son effet. J'attends un enfant. Elle imagine. Elle se promène, elle imagine, j'attends un enfant, la mer, les lichens autour d'elle, elle regarde, elle imagine l'avenir. Un avenir dans ce même monde, pourtant un avenir fondamentalement différent.

Lucile passe ses promenades imaginaires à chercher des couleurs dans le paysage de janvier devenu terne, mais elle ne veut pas voir celle-ci. C'est une petite tache rouge clair. Si le rouge venait d'une fleur ou d'une nuance du ciel, la couleur pourtant lui plairait. Elle attend qu'elle disparaisse. Elle espère qu'elle a mal vu, c'était si faible, elle fait comme si ça n'avait pas existé et elle fait si bien que, la fois suivante, entre les quatre murs des toilettes, il n'y a plus trace de ce rouge dérangeant.

Elle doit pourtant savoir que c'est une disparition artificielle, elle s'attend désormais à ce que cette couleur revienne. Ça ne rate pas. Voilà maintenant un beau rouge vif. Presque rien pourtant, mais elle n'en veut pas de ce sale rouge ! Elle sait quelle crainte il amène.

Ce n'est probablement rien aussi. Elle sait que ça peut arriver, ce n'est pas forcément grave, une goutte. Mais c'est suffisant pour semer l'inquiétude. Une fois que l'inquiétude est là, elle a beau essayer de se rassurer, tout se passe exactement comme elle le redoute. Toutes les étapes les unes après les autres.

On dirait qu'il y a beaucoup d'étapes, mais tout se passe en vingt-quatre heures. On a cependant l'impression que c'est un long voyage qui commence avec cette idiote de tache rouge et qui s'arrête dans une autre vie.

Première étape : appeler celle qui leur a fait écouter « son petit cœur », il y a dix jours. Celle qui a promis : « La prochaine fois, on pourra peut-être voir son sexe ! »

Lucile se dit qu'elle se sentira concernée puisqu'elle lui a fait ces promesses. Mais la sage-femme a l'air plus déroutée qu'elle, ce n'est pas très rassurant. Elle n'est plus dans mon camp, pense Lucile. Elle lui conseille d'aller en ville pour une échographie de contrôle. On la dérange, elle ne veut rien avancer, ni dans un sens ni dans l'autre. Ce n'est pas la partie de son travail qui lui plaît. Ce qu'elle aime, ce sont les toutes petites chaussettes qu'elle a suspendues dans son cabinet, les faire-part de naissance avec des prénoms adorables et oubliés qu'elle expose sur son bureau, la poupée qu'elle utilise pour apprendre aux parents. Ce qu'elle aime, c'est tout rose et bleu. Ce n'est pas rouge. Lucile l'embarrasse.

Elle sent l'affolement de la sage-femme alors qu'elle espérait entendre que ce voyage en ville n'était que routine et procédure.

C'est programmé pour le lendemain, à Brest, et elle comprend enfin pourquoi on appelle ça un *examen* médical. Comme un examen scolaire, sauf qu'on ne peut rien faire pour réussir. Elle aimerait pouvoir réviser toute la nuit, travailler d'arrache-pied, mais il n'y a rien à faire. On ne peut qu'attendre. C'est ça être une patiente. Le matin, dans la voiture, elle n'a pas de fiches à relire pour se rassurer avant l'examen. Même sensation dans le ventre, même transpiration que pour tous les autres examens et concours de sa vie, sauf que cette fois, elle ne peut pas invoquer sa formule magique : «Au pire, je rate.» Cette formule avait pourtant toujours fonctionné : elle pensait «Au pire, je rate» et elle avait brusquement envie de rire, parce que ce n'était qu'un examen. Rien qu'un examen! À croire qu'aucun examen n'avait été réellement important avant celui-ci. Ce matin, impossible de penser «au pire, je rate», car elle ne peut pas concevoir ce «pire». Ce pire, pour Lucile dans la voiture pour Brest, c'est juste la fin du monde. Ce pire, c'est changer de corps, changer de vie, revenir à une époque lointaine et inimaginable, à un avant qu'elle croyait avoir pour toujours quitté et qu'elle a même oublié. Elle ne sait plus comment c'était avant. Elle ne saurait plus comment être. Elle a peur qu'à l'issue de l'examen, on lui ampute ces trois mois qui l'ont transformée, qu'on efface tout, qu'on lui enlève, qu'on lui change son identité. Qu'on lui dise : « C'est comme s'il ne s'était rien passé », « Vous pouvez tout oublier », « Rien de tout ça n'a eu lieu », « Retour à la case prison sans passer par la case départ ». Sur un simple coup de dés.

En entrant chez la sage-femme qui va lui faire l'échographie, alors que l'attente du verdict était devenue insoutenable, Lucile voudrait soudain que le rendez-vous soit décalé. Elle veut garder encore cette vie. Sa vie nouvelle et celle qu'elle porte en elle. Les leurs ensemble. Elle ne veut pas que la sage-femme efface tout, qu'elle lui retire cette existence à laquelle elle s'est déjà trop habituée, qui lui semble être la sienne depuis toujours.

La sage-femme est polie, mais efficace, elle a l'impression d'avoir été envoyée chez le directeur. Cette sage-femme-là est plus âgée que celle qui suit Lucile. Ils entrent dans son bureau tous les trois (il est avec elle) : il y fait noir et sur tous les murs sont épinglés des bébés. Des milliers et des milliers de faire-part, de remerciements, de photos, les uns sur les autres, tapissent son antre, comme des trophées. Elle fait entrer Lucile dans sa grotte pour l'échographie, il y fait encore plus sombre. Lucile pense qu'il fait peut-être noir pour qu'elle puisse mieux voir son écran, mais ça lui paraît quand même menaçant. Cette pénombre ne présage rien de bon et elle a la sensation que la sage-femme sait déjà ce qu'elle doit annoncer. Tout n'est qu'une mise en scène pour la préparer à la nouvelle, la mettre en condition. Elle s'allonge dans le noir et mille bébés l'entourent : sur toutes les parois de cette pièce qui se resserre, il n'y a que nouveau-né et noirceur. C'est bien pensé, elle se dit.

La sage-femme, elle, ne dit rien. Elle cherche avec sa sonde. Lui non plus ne dit rien, il se doute aussi que ce silence ne présage rien de bon. Sur son écran, du noir aussi. Le même que dans sa grotte.

La sage-femme pose sa sonde et sa voix. Maintenant, c'est tout doucement qu'elle dit : «Je n'arrive pas bien à voir, allez faire pipi, et je vais passer par voie vaginale.»

Lucile est soulagée d'avoir gagné encore une minute, une minute d'existence, un sursis, car maintenant elle le sait, elle a compris au ton de la voix, au noir de l'écran, au noir dans l'air, aux grimaces des bébés, que c'était fini.

Elle a déjà compris, ça y est, et pourtant elle préfère que la sage-femme n'ait encore rien dit. Elle va aux toilettes et elle s'étonne de trembler. Elle n'a jamais tremblé comme ça : elle arrive à peine à fermer la porte. Elle ne peut pas encore le penser pourtant. Elle a compris dans son corps, mais elle ne se dit pas, avec des mots, que c'est fini. Ses pensées, pour une fois, se sont tues. Son esprit ne formule absolument rien, il la laisse à trembler.

De retour dans la grotte, Lucile regarde un film qu'elle connaît déjà sans l'avoir pourtant jamais vu. Le noir, le noir, sur l'écran, le silence, le silence dans l'air, la voix, toute douce : «Je n'ai pas une bonne nouvelle.» C'est tout. Comme s'il n'y avait pas eu d'événement, juste une négation. Non, il n'y a pas de nouvelles, il n'y a rien eu. Exactement ce qu'elle redoutait.

Au moins, cette sage-femme n'est pas affolée. Elle en a vu d'autres et elle, elle a déjà des milliers de bébés sur son mur, pas comme la première qui n'en avait qu'une dizaine, ce n'est pas si grave, un de moins.

Elle dit d'ailleurs à Lucile que l'autre, la débutante, s'était trompée, ce n'était pas le «petit cœur» qu'elle a pu lui faire écouter il y a dix jours, ça devait être les battements de Lucile, car d'après ce qu'elle a vu à l'écran, tout petit, la grossesse s'était déjà arrêtée à cette époque. Ça a dû s'arrêter avant deux mois. C'est sans doute fini depuis un mois.

Je n'ai écouté que mon propre cœur battre et je porte un mort depuis un mois, se dit Lucile. Je n'attends plus d'enfant, et elle sent bien que son formulaire CERFA qui affirme l'inverse ne fera pas le poids face à la sage-femme. Il n'y a pas de réclamations possibles.

Ça s'est arrêté il y a un mois, sans prévenir, sans qu'il se passe rien et Lucile est, depuis, enceinte de rien. Elle joue à être enceinte : elle est fatiguée, elle a les jambes lourdes et gonflées, elle ne boit pas d'alcool, elle ne mange plus de roquefort... Dans son ventre, un sac vide grandit, avec dedans, un minuscule corps mort. Il s'en est allé sans aucun bruit, tout doucement, sur la pointe des pieds – *on the tip of the toes* – le genre d'indications qu'on lit sur une partition d'Erik Satie. Elle pense à la *Gnossienne* n° 1 qu'elle jouait au lycée : à la place des indications métronomiques, il y avait ces expressions : Très luisant (*Shining*), Questionnez (*Questioning*), Du bout de la pensée (*From the tip of the thought*), Postulez en vous-même (*Wonder about yourself*), Pas à pas (*Step by step*), Sur la langue (*On the tip of the tongue*). Il n'y a pas de tempo, pas de mesures, pas de rythmique dans une *Gnossienne* de Satie, juste cette étrangeté légèrement triste, ça flotte. Elle pense à Satie. C'est la musique de ce moment. Est-ce qu'il n'a pas d'ailleurs écrit une autre composition qu'il a appelée *Embryons desséchés* ?

— Vous n'avez pas ressenti les signes de grossesse s'arrêter ?

— Non…

La sage-femme dit que ça peut arriver, les hormones de grossesse continuent parfois d'être sécrétées, le sac gestationnel continue de se développer et Lucile continue d'être enceinte pour de faux. Même la première sage-femme s'est fait avoir. Elle aussi, elle a marché, avec ses battements hallucinatoires. « Ça arrive, on se trompe souvent, au début », dit l'ancienne pour excuser sa collègue, ou pour Lucile, on ne sait pas.

Après, ça se déroule tout seul. Le bureau, la carte vitale, le paiement, les conseils : « Il n'y aura pas d'incidence, vos ovaires vont bien », « C'est très fréquent », « Pas de délai à respecter, dès que vous serez prête, vous pourrez recommencer »…

Lucile dit oui à tout, car elle veut sortir au plus vite de cette grotte suffocante.

Elle dit oui, mais elle ne se sent pas concernée.

Qu'y a-t-il à recommencer ? Il n'y a plus rien. On ne peut rien faire avec rien.

La sage-femme n'a pas dit mot pour mot les phrases que Lucile redoutait – « C'est comme s'il ne s'était rien passé », « Vous pouvez tout oublier », « Rien de tout ça n'a eu lieu » – mais ça lui fait pourtant exactement le même effet.

Qu'y a-t-il à recommencer ?

Retour à la case prison, sans passer par la case départ.

Elle est de nouveau prisonnière. Elle a tenté une évasion, ça n'a pas marché... Elle retrouve le décor de la prison, mais elle a oublié comment c'était, la vie de détenu. Elle y a pourtant passé toute sa vie, elle y a pourtant toujours été heureuse, mais maintenant elle s'y sent perdue. Elle revient d'un autre monde.

Ils sortent, abasourdis par la simplicité, la rapidité de cet effondrement. Il n'y a rien à faire. Le rendez-vous était à 8 h 30, un samedi, et il est 8 h 45 dans la rue. Heureusement il pleut, se dit Lucile. C'est la seule chose qu'elle ait vraiment pensée : *heureusement, il pleut*. La seule pensée qui la reliait encore avec ce monde devenu étranger. Lui non plus ne sait pas quoi faire. Il a l'air ahuri, hébété. Il n'y a qu'eux deux dans la rue, samedi matin à Brest, titubant sous la pluie, vers la voiture.

Lucile est surprise de ne plus rien sentir. Pas de sanglots ou de tristesse, juste cette fuite silencieuse des yeux et du nez. La machine coule : passivement, le corps déborde.

Qu'est-ce qu'on fait à 8 h 45, un samedi, sous la pluie, à Brest quand on est une femme pas enceinte ? Aucune idée.

Heureusement, la sage-femme leur a donné une mission pour continuer dans la vie, pour avancer, pour occuper la journée : il faut aller à l'hôpital chercher le médicament pour induire la fausse couche – *l'expulsion* – puisque le corps de Lucile n'a pas manifesté son intention de le faire. Lucile a demandé si on était obligé de le prendre, si cette expulsion ne pouvait pas se faire d'elle-même, et la sage-femme lui a répondu que si, mais comme ça pouvait prendre du temps, il valait peut-être mieux… Elle lui a fait comprendre que maintenant qu'elle était au courant de la blague, elle risquait de trouver moins drôle de jouer à être enceinte et que ce serait peut-être plus simple de prendre le médicament pour en finir au plus vite. Elle a précisé que Lucile pouvait y aller quand elle voulait, aujourd'hui ou demain si elle préfère, mais comme il n'y a rien à faire ce samedi matin, sous la pluie, quand tout vient de s'arrêter et que Brest a même sorti son fameux air sinistre, ils décident d'y aller tout de suite. Pour s'occuper plus que pour en finir. Désœuvrés qu'ils sont, ces deux-là, sous la pluie brestoise.

À l'hôpital, ils vérifient tout une deuxième fois (ils ne font jamais confiance à personne à l'hôpital). Ils finissent par dire qu'effectivement, c'est bien mort dans le sac, mais aussi qu'ils ne peuvent pas donner à Lucile le médicament, au cas où il y aurait une erreur.

— Ce n'est pas sûr ?

— Si, là, il n'y a aucun doute. Mais comme on voit de tout en médecine… Parfois on fait une écho, il n'y a pas d'activité cardiaque, et la semaine suivante, il y en a une. Il vaut mieux attendre une semaine, et si vous ne l'avez pas évacué (*évacué !!*) toute seule, on vous donnera le médicament.

— Mais on est d'accord qu'il n'y a, dans mon cas, aucune chance pour que l'activité cardiaque se développe cette semaine ?

— Oui. C'est la loi de toute façon.

Lucile a l'habitude des lois, alors elle dit d'accord et ils rentrent, les mains vides, et la mort dans le ventre.

Les mains vides : qu'ont-ils à faire ? Qu'auraient-ils fait ce samedi, si cela n'était pas arrivé ? Ils ne savent pas, rien qu'ils puissent envisager aujourd'hui en tout cas. Aujourd'hui, par ce samedi pluvieux, ils n'ont jamais été aussi désœuvrés. Ils écrivent un message pour l'annoncer aux proches qui étaient au courant, ça occupe un peu, ça distrait, mais c'est vite fini. Il ne faut pas appeler les pompes funèbres, organiser une cérémonie, penser à toutes ces choses matérielles et rituelles, il n'y a rien à faire d'autre que de rentrer et d'attendre que la suite se passe. Il reste tout de même ce corps suspendu à *évacuer*, mais elle n'y pense pas. Elle répond à la sage-femme qui suivait sa grossesse et qui lui demande comment s'est passé l'examen : elle lui annonce la fin et elle demande si c'est la peine de maintenir le rendez-vous du mois suivant. La sage-femme répond : « La dernière fois pourtant mon doppler a bien capté son cœur. Je suis navrée pour vous, je n'ai pas de mots… j'annule le rendez-vous. Pour la déclaration, il faudra prévenir les différents organismes, à moins que l'hôpital ne le fasse. Courage… »

Dans la voiture, parfois, ils se regardent comme des ahuris, ils disent peut-être « ben voilà », ils se sourient un peu, ils décident, cyniques, de faire comme toutes les personnes désœuvrées un samedi à la campagne : ils vont au centre commercial, au milieu de rien. Ils n'ont pas de courses à faire, mais ils achètent, rageusement, tout ce qui était banni pendant ces trois mois. Plus par revanche que par envie, comme un pied de nez, Lucile remplit le panier de roquefort, de tarama, d'huîtres, d'alcool, de tout ce que la grossesse lui interdisait, et qui est maintenant redevenu absurdement inoffensif. Il remplit le panier aussi, pour lui offrir cette consolation dérisoire. Ils en rient, tant elle est ridicule, tant elle manque d'envie, tant elle n'est que dépit, cette piètre consolation.

Elle voudrait dire à la caissière pourquoi ils ont acheté ce repas, comme on dit « C'est pour un anniversaire ! ». Bien sûr, elle ne le fait pas, la caissière peut dire « Joyeux réveillon ! », mais jamais « Courage pour ce repas d'adieu ! ». C'est normal, mais c'est une trahison pour Lucile, de faire comme si de rien n'était, comme si la vie n'était pas morte en elle et que le monde ne s'était pas arrêté. Elle dit juste *Par carte, s'il vous plaît.*

Les voilà de retour chez eux, ils mangent sans joie ce repas. Pas d'appétit pour ce festin. C'est vrai que c'est pourtant un festin, on pourrait croire qu'ils célèbrent quelque chose. Ils n'ont pas choisi ces mets luxueux, ils ont simplement inversé les prescriptions de la médecine.

Ils sont attablés pour un repas spécial, comme pour Pessa'h qu'ils fêtent chaque année chez sa tante à lui. C'est toujours le même menu, la tante explique comme son grand-père le faisait avant elle, pourquoi c'est ce repas précis que l'on mange : pourquoi le pain azyme, pourquoi les œufs durs au café, pourquoi les sept aliments dans l'assiette du seder, pourquoi chaque chose est symbolique et pourquoi tout cela a encore un sens dans cette famille qui n'est pourtant plus religieuse. Le rite a perduré pour d'autres nécessités.

Lucile et lui mangent aujourd'hui leur festin de fortune, elle pense à la Pâque juive, ou aux Pâques de son enfance à elle, où l'on mangeait un gigot d'agneau par référence biblique.

Parce qu'ils n'avaient rien à faire, parce qu'il y avait ce néant, ce vide, lui et Lucile ont inventé les rites de ce repas, qui cette fois n'était pas religieux, car leurs héritages religieux n'avaient rien prévu pour cet événement. Il n'y a rien à faire, rien à accompagner pour ce non-événement. Pas de prières, pas de paroles, pas de cuisine. Cela n'existe pas. On célèbre pourtant la vie, la mort, l'amour, mais pas les trois ensemble. On célèbre la mort revenue à la vie, mais pas la vie revenue à la mort.

Sans rites dictés par la religion ou la culture, ils ont composé avec les prescriptions de la science. Comme à Pessa'h, rien n'était laissé au hasard : ils mangeaient les fromages à pâte molle pour la listériose, les crudités pour la toxoplasmose, les produits de la mer pour les risques bactériens, polluants environnementaux, mercure, PCB, dioxine, ils buvaient le vin blanc pour le syndrome d'alcoolisation fœtale… Si elle fumait, ils l'auraient fait pour consumer ce repas jusqu'au bout, consommer chaque danger désormais révolu.

Après tout, la science avait, cette année-là, décidé des fêtes de Noël. Depuis le virus, la médecine prescrivait pour la politique et la société, alors pourquoi pas pour nos rites ?

Les fausses couches n'existent qu'en médecine, elles font partie du secret médical, c'est donc bien normal que ce soit la médecine qui prescrive les rites les concernant, que ce soit elle qui décide.

Lucile mange son festin, en attendant que la médecine décide du moment opportun pour *évacuer* son embryon. Elle ne saigne plus, donc ce sera sans doute dans une semaine, quand l'interne de gynécologie lui donnera le médicament. Elle n'a rien contre, Lucile, elle ne s'est pas posé la question, elle ne savait même pas, elle qui a étudié la médecine scrupuleusement, qui n'était pourtant pas si mal classée aux concours, toujours bonne élève, qu'une grossesse pouvait s'arrêter en silence, et se découvrir comme ça, sans crier gare, un mois plus tard. Elle est absolument ignorante de ces choses-là, alors qu'elle est une femme de trente ans, l'âge où les enfants naissent partout autour d'elle. Elle ne savait même pas que c'était si fréquent, une grossesse sur quatre ou cinq, d'après celle qui lui a annoncé la fin. Elle avait surtout le souvenir, de ses études de médecine, que le risque augmentait considérablement avec l'âge, alors à la première consultation avec la sage-femme, elle avait tout de suite demandé quelles étaient les chances de fausse couche, à son âge, pour savoir où elle se situait et se préparer à l'éventualité. Mais la sachante lui avait répondu d'un geste confiant, balayant sa question d'un revers de main : « N'y pensez pas ! » Elle avait ajouté « Trente ans, c'est bien pour un premier enfant ! », car Lucile venait d'avoir trente ans, ce premier enfant s'était annoncé juste pour son anniversaire. Rassurée, Lucile ne s'est plus méfiée, elle n'y a plus pensé, elle ne s'est pas renseignée.

Elle ne sait rien de ces choses-là, absolument rien, alors elle écoute la sage-femme qui lui dit d'aller à l'hôpital chercher le médicament pour s'en débarrasser au plus vite, elle écoute l'interne qui lui dit que non, il faut en fait attendre une semaine. Elle écoute le médecin qui lui dit que si ça se passe d'ici là, ce sera « comme des grosses règles », qu'elle saignera beaucoup, elle peut prendre un antalgique si besoin, le voici prescrit, mais qu'elle ne doit pas s'inquiéter et qu'elle ne doit revenir aux urgences que si elle remplit une serviette hygiénique toutes les vingt minutes, là ce serait trop. Elle écoute quand on lui dit que c'est fréquent, normal, qu'il ne faut pas s'inquiéter, ce n'est pas grave.

Et comme elle écoute si sagement, elle ne comprend pas ce qui lui arrive le lendemain. Ce qui ne ressemble à rien qu'elle connaisse et certainement pas à de « grosses règles » – ça elle connaît, depuis quinze ans qu'elle les a tous les mois, cent quatre-vingts règles exactement.

Elle part se promener avec lui, il faut bien s'occuper en ce janvier brumeux, pas joyeux. Aucun regret à rentrer à la maison quand elle demande dix minutes plus tard à arrêter la marche, parce que ça doit commencer, elle a mal au ventre. Ils s'arrêtent sur le chemin du retour à l'épicerie ouverte le dimanche, pour acheter des serviettes. Lucile a mal, pas le courage d'y aller, elle attend dans la voiture et lui demande de prendre les plus grosses serviettes, puisqu'on lui a dit que ce seraient de « grosses règles ». Il faut dire qu'il est drôle et que même dans ces situations il sait la faire rire, quand il revient dans la voiture, fier de lui avec un énorme paquet de couches pour adultes, pour personnes âgées incontinentes. Lucile rit, car elle l'imagine devant le rayon, voulant bien faire : il a d'abord pris un paquet de serviettes hygiéniques avec le symbole 3 gouttes, puis en voyant un autre paquet, plus gros, avec un symbole 5 gouttes, il l'a échangé, content de lui. Il allait partir payer quand il a vu cet autre paquet, encore plus gros, un énorme paquet, il n'en avait jamais vu un aussi gros – c'est vrai qu'il ne va pas souvent dans ce rayon. Et il rit aussi quand il lui raconte, et quand il retourne changer le paquet le caissier la voit par la fenêtre, attendant dans la voiture, elle se dit qu'il doit croire qu'elle est incontinente, elle se demande s'il va lui expliquer pourquoi il doit acheter ces serviettes, ils se connaissent un peu, c'est la seule épicerie du village. Mais il n'allait quand même pas se mettre à lui raconter que Lucile se préparait à faire sa fausse couche.

Ils rentrent à la maison, prêts pour ces «grosses règles», Lucile a mal au ventre, elle connaît, la douleur des règles dure deux jours, et passe toujours avec un antalgique, elle en prend un, et s'allonge en attendant que ça fasse effet. Elle lui dit que non, pas de problème, il n'est pas obligé de rester à côté d'elle, il peut aller dans le jardin rincer l'aile du kitesurf, elle ne va rien faire de toute façon, à part attendre que l'antalgique fasse effet. Et elle est contente qu'il soit parti dans le jardin, c'est plus simple d'être seule, car dans les vingt minutes qui suivent, la douleur ne s'estompe pas, elle s'augmente par salves : une douleur comme elle n'en a jamais eu, qui la fait se rouler dans son lit et gémir en secouant la tête. Ça va un peu mieux, non ça reprend, ce n'est pas possible une telle douleur, est-ce qu'il n'y a pas un problème? Elle va aux toilettes, elle saigne effectivement beaucoup, mais cela ne fait pas encore vingt minutes, on lui a dit de ne revenir que si elle remplissait une serviette en vingt minutes. Elle retourne s'allonger, se rouler, se demander, vraiment, s'il n'y a pas un problème, elle essaye de se souvenir des grandes urgences gynécologiques apprises durant ses études : ses fiches sur les torsions d'ovaire, GEU, salpingite, ce genre de choses, non, pourquoi elle aurait ces trucs-là maintenant? Une rupture de l'utérus, ça existe, non? Elle doit avoir une hémorragie interne, ce n'est pas normal, là il faut faire quelque chose, peut-être qu'elle va mourir ? Il va falloir appeler une ambulance, ils sont à quarante minutes de Brest, ce sera peut-être déjà trop tard, elle retourne aux toilettes, elle s'assied, se plie en deux sous l'effet d'une immense douleur, et là, ça lui tombe dans la main. Elle pousse un cri et le lâche immédiatement. Elle n'a plus mal, elle a eu peur de ce qui lui est tombé dans la main après cette dernière douleur. Elle l'a senti glisser en elle, elle l'a senti s'échapper, la quitter, elle l'a lâché en poussant un cri de surprise, non, elle ne s'y attendait pas, ce n'est pas au programme des règles. Elle l'a lâché par surprise, dans le fond de la cuvette, mais elle n'en revient pas de ce qui lui est tombé dans la main, le petit poids, une chose, pas des grosses règles, quelque chose, elle n'a pas bien vu quoi. Elle se relève, et elle remarque qu'elle n'a plus mal, plus du tout mal, c'est fini, elle se sent même bizarrement bien, un peu étourdie, dans une BD on dessinerait des petites étoiles autour d'elle. Elle regarde le fond de la cuvette, c'est rouge, il y a cette forme, elle ne peut pas tirer la chasse, elle doit voir ce que c'est, elle ne va quand même pas mettre les mains dedans, elle l'appelle. Il était en train de rincer l'aile dans le jardin, il vient, je ne sais plus ce qu'elle lui dit, car je ne sais plus ce qu'elle a pensé sur le coup, c'était surtout de la surprise et du soulagement. Elle lui montre avec un genre de bâton, pour l'attraper, elle se dit que c'est dingue, cette forme, ce sac de membranes, tout en trouvant que c'est dingue de vouloir lui montrer avec un bâton, mais lui aussi n'en revient pas, il ne sait pas quoi faire face à cette situation inédite et inconnue, il demande s'il ne faudrait pas faire une photo. Quelle drôle d'idée, c'est encore une de ses fascinations morbides qu'il aurait héritée de son père, son père qui lui avait demandé quand il était petit de le prendre en photo une fois où il s'était blessé et défiguré, et sa mère a toujours dit de cette histoire que ce n'était vraiment pas bien de la part de son père d'avoir demandé à son fils de le prendre en photo, alors Lucile pense que cette idée de photo, c'est du même genre, une idée morbide, donc sans réfléchir, elle tranche « Ça va pas, on va pas faire une photo ! » et elle tire la chasse d'eau, voilà.

Voilà c'est fait, elle l'a *évacué*, elle l'a accouchée cette vie imaginée qui n'a pas eu le temps d'exister. Elle ne se demande pas encore si c'est normal que cela ait plus ressemblé à un accouchement qu'aux « grosses règles » annoncées, car elle est trop ahurie par le soulagement qui l'envahit. Il remarque aussi, mais oui, c'est fou, tu as retrouvé ta bonne mine et c'est vrai qu'elle était un peu verte avant et qu'elle est de nouveau rose. Il lui demande si elle n'a plus mal, mais non, plus du tout, au contraire elle se sent vraiment très bien, étonnamment mieux que tout ce dernier mois même. Elle sort un instant, il y a un rayon de soleil, et le délice de cette caresse de lumière sur la joue, elle réalise qu'elle ne l'avait pas ressenti depuis un moment. Ce n'est pas la faute de l'hiver, non, il fait beau au moins une fois par jour dans le Finistère, les quatre saisons en une journée, disent toujours les gens du coin ! Non, décidément, elle devait être déprimée de porter la mort en elle depuis un mois, et elle se sent revivre, peut-être que ce sont les endorphines, elle a eu tellement mal et maintenant c'est fini. Il y a eu un avant et un après, elle se sent transformée. Elle a l'impression de sortir d'un trou, un trou noir dans lequel elle s'était doucement enfoncée, sans trop oser se l'avouer, par culpabilité de n'être pas une femme que la grossesse épanouissait. Cette sensation du soleil sur sa joue, ce bien-être physique, qu'elle ne pouvait plus éprouver depuis quelque temps, qui lui avait fait dire la veille « Heureusement, il pleut », soulagée de n'avoir pas à éprouver la cruelle insensibilité face au beau temps : c'est sûr, son corps l'avait compris avant elle. Cette sorte de dégoût de tout, cette fatigue morose, la gorge serrée, le manque d'enthousiasme, l'absence de joie qui l'inquiétait, cette chape de plomb qui la culpabilisait... Cela venait donc de là ? Elle le voulait pourtant cet enfant, elle ne comprenait pas pourquoi c'était soudain devenu si dur. Pourquoi n'était-elle pas plus heureuse d'être enceinte ? Peut-être parce qu'elle ne l'était plus, c'est ce qu'elle commence à comprendre et c'est un apaisement de voir qu'il y a une sorte de logique, d'explication à ce qu'elle a vécu ce dernier mois.

— Vous n'avez pas senti les signes de grossesse s'arrêter ?

— Si, mais je ne les avais pas compris. J'avais trop honte pour comprendre.

La différence entre l'avant et l'après *évacuation* est si flagrante qu'elle prend conscience de l'état physique dans lequel elle était. Elle n'en revient pas de ce brusque revirement de situation.

Pourtant ça ne l'étonne pas que son corps n'ait pas voulu abandonner plus tôt, qu'il ait refusé cette fin pendant un mois, qu'il ait voulu, comme elle chez la sage-femme, lui octroyer un petit sursis. Allez, laissez-la croire encore un peu, laissez-la s'habituer progressivement, sombrer vers la nouvelle, ne la lui jetez pas à la figure, elle ne le supporterait pas. La sage-femme lui a conseillé d'aller à l'hôpital pour en finir, car son corps n'avait pas l'air pressé. Pourtant dès le lendemain il l'a faite cette fameuse *évacuation*, il a été efficace, son corps : en vingt minutes, c'était fini. Il s'est rendu, ça ne servait plus à rien de continuer à faire semblant puisque Lucile était au courant, les médecins lui avaient dit que tout était fini. Il a fait mieux que de «grosses règles», il a fait un véritable petit accouchement en un seul morceau.

Quand elle a entendu des récits terribles d'*évacuations* habituellement induites par les médecins, par le médicament qui faisait parfois trop saigner, saigner sans s'arrêter dans la douleur, par l'aspiration que l'on doit faire à la maternité, au milieu des mères qui accouchent de bébés bien vivants; quand elle a appris les histoires de celles qui se réveillent du curetage de leur fausse couche, au milieu des cris des nouveau-nés, leur utérus vidé par l'aspiration, elle a été contente que cela ait pu se passer si simplement pour elle, chez elle.

Elle s'est aussi demandé pourquoi les médecins étaient si pressés de nous débarrasser de nos embryons morts, si pressés de nous vider, de le faire eux-mêmes, quand nos corps savent aussi le faire à leur rythme.

Elle s'est demandé si cette sage-femme, qui lui avait conseillé de prendre le médicament, car ce ne serait peut-être pas agréable de garder ça en elle plus longtemps, savait qu'un deuil, ce n'est pas agréable et que ça prend du temps. Elle s'est demandé si les médecins avaient jamais pensé que cette durée variable et incompréhensible, où l'on retient encore l'embryon mort avant l'évacuation, c'était peut-être la durée du corps qui fait son deuil.

Mais les médecins et la sage-femme n'ont pas parlé de deuil à Lucile. Ils ont parlé, pour tout réconfort, de normalité, de la banalité de l'événement. Vingt pour cent des grossesses, c'est fréquent, ce n'est pas grave, ne vous en faites pas. Ils s'en sont tenus à des statistiques pour évaluer la gravité de la situation. A-t-on déjà vu un médecin annoncer la mort d'une personne à sa famille par ces paroles de soutien : «Ne vous inquiétez pas, c'est normal. Statistiquement cent pour cent des gens meurent. Ce qui vient d'arriver est donc absolument normal et très fréquent, il n'y a pas à s'en émouvoir»? Ils ont parlé de chiffres rassurants, comme si ces chiffres allaient effacer la peine. Le deuil n'a pas été évoqué puisqu'il n'y a pas eu d'événement. «Je n'ai pas une bonne nouvelle.» Une simple annulation. Pas d'heureux événement.

Cette idée du deuil s'impose à Lucile, malgré elle, le lendemain. Oui, car toujours effarée de ce qui lui est arrivé, de ce qu'elle a *évacué* qui ne ressemblait pas à ce qu'elle avait appris en médecine (mais que lui avait-on appris à ce sujet en médecine finalement?), Lucile cherche partout si ce qu'elle a vécu est normal. Elle cherche des témoignages de femmes qui racontent leur fausse couche. Elle ne saigne même plus, est-ce normal?

C'est étonnant une Lucile qui cherche si sa fausse couche est normale, qui cherche partout, toute seule, sur internet, sur d'obscurs forums, elle qui a pourtant appris à fuir Doctissimo, c'est énervant même, mais nous n'en sommes pas encore là.

Nous en sommes à cette idée du deuil qui s'impose à Lucile, car à force de chercher si c'est bien possible d'expulser un sac gestationnel dans son intégralité, et à force de ne trouver aucune réponse, Lucile se met à imaginer cette idée un peu folle, elle ne peut pas s'en empêcher, elle ne peut pas retenir l'espoir qui veut renaître. Et si elle avait été enceinte de jumeaux? L'un d'eux serait mort, celui que la deuxième sage-femme a vu, minuscule à l'échographie, il aurait arrêté de grandir il y a un mois. Mais elle serait passée à côté de l'autre, qui serait bien vivant, celui dont la première sage-femme avait entendu le cœur. «La dernière fois pourtant mon doppler a bien capté son cœur», a écrit celle-ci après l'annonce : elle avait l'air sûre d'elle. Et cela expliquerait que l'évacuation ne se soit pas faite sous la forme d'une lyse, de «grosses règles», mais par cette espèce d'accouchement qui a peut-être préservé un autre embryon? Puisqu'elle ne saigne plus. Elle serait toujours enceinte. Lucile sait raconter des histoires, elle le fait toute la journée, et celle-ci, elle veut vraiment y croire, alors elle cherche partout si ça tient la route, elle se dit qu'elle va interroger la sage-femme. Mais elle a peur d'être pathétique, elle se voit reproduire caricaturalement une étape apprise en première année de médecine, dans les cinq étapes du deuil : le déni. C'était une de ces listes qu'il fallait apprendre par cœur pour le concours d'entrée (les étapes du deuil : déni, colère, marchandage, dépression et acceptation), dans cette vaste matière fourre-tout appelée SHS à laquelle on avait collé le plus gros coefficient du concours, en espérant que cela ouvrirait l'esprit des futurs médecins, que ça les forcerait à s'y intéresser un peu. Les carabins faisaient comme d'habitude : ils apprenaient l'éthique par cœur pour s'assurer un bon classement à l'examen. Ils bâillaient et s'agaçaient de ces professeurs qui voulaient les faire réfléchir, qui leur livraient un savoir pas clair, pas tout mâché en PowerPoint, où l'on ne distinguait pas toujours les listes à apprendre, les choses qui pouvaient tomber au concours et celles qui étaient seulement de la discussion qui leur faisait perdre leur temps. Ils s'exaspéraient de ces médecins « efféminés », qui n'étaient pour la plupart même pas chefs de service, ou bien d'obscurs services dont on n'avait jamais entendu parler, responsables de comités consultatifs d'éthique, ce genre de truc, ces enseignants insolents qui n'avaient pas l'air d'être au courant qu'on avait un concours à passer, nous, est-ce qu'ils ne pouvaient pas être précis sur le programme plutôt que de questionner l'amphi ? Et l'amphi hurlait, les futurs médecins hurlaient de rage face à tout ce bullshit, ils hurlaient tellement qu'une fois, un des profs, qui n'était pas médecin, mais sociologue, avait quitté l'amphi, choqué, sous des jets de rouleaux de papier toilette. Cette matière que les carabins redoutaient pour son coefficient au concours, qui les agaçait par son manque de clarté, Lucile l'avait trouvée intéressante et elle n'a pas oublié cette histoire de déni du deuil, qui vient juste après le choc de l'annonce, la sidération. L'endeuillé ne veut pas y croire. Elle le sait, que c'est sûrement un bon gros déni, mais elle veut aussi y croire à cette possibilité merveilleuse, elle se dit tu fais vraiment pitié ma pauvre, tu veux vraiment t'accrocher, tu veux toutes les faire, ces étapes du deuil, scolaire comme tu es, tu vas vraiment lui écrire ce mail ridicule à la sage-femme, pour lui demander si ce n'est pas possible que les miracles existent ? Et donc elle lui écrit ce mail. Pour en avoir le cœur net. Ou peut-être pour qu'on lui dise non, ce n'est pas possible, mais c'est normal que vous posiez cette question. Vous vivez un deuil et le déni est la première étape du deuil.

Elle rédige sa question abracadabrante de la façon la plus sérieuse possible, un mail un peu professionnel où elle reprend les abréviations médicales d'usage pour ne pas avoir l'air d'une folle désespérée qui refuserait d'avoir perdu sa grossesse. Elle cite le compte rendu des urgences, *LCC < 7 mm, probable FCS, expectative et contrôle évolutivité écho dans 7 j.* Elle explique son scénario délirant de la façon la plus crédible, pour que la sage-femme y croie aussi, pour que sa tentative de ressuscitation fonctionne. Elle veut que sa question prenne l'apparence d'une hypothèse médicale pertinente, pas celle d'une supplication acharnée. Mais elle est limitée par son vocabulaire et sa propre ignorance. Elle se trahit quand elle décrit la fausse couche, son dénuement se voit, elle ne connaît pas la sémiologie médicale adaptée, on ne la lui a pas apprise ou peut-être qu'elle n'existe pas. En médecine, il y a toutes sortes d'expressions consacrées pour décrire précisément les manifestations corporelles. Par exemple, des « doigts en baguettes de tambour » pour l'hippocratisme digital, c'est comme ça qu'on dit quand on connaît sa sémiologie alors que les ignorants bafouillent que leurs doigts sont un peu déformés, ils sont gros, les ongles sont bizarrement arrondis, ils cherchent les bons mots, ils ne savent pas qu'on les appelle des doigts en baguettes de tambour. Ils ne savent pas qu'on dit une « déformation en col de cygne » dans la polyarthrite rhumatoïde ou qu'on parle de « tache café au lait » dans la neurofibromatose de type 1. Et Lucile fait maintenant partie de ces ignorants, elle ne sait pas comment on décrit, de façon clinique, le petit poids qui a glissé dans sa main, tout ce qu'elle trouve à dire c'est qu'elle a expulsé en un seul morceau, intact, ce qu'elle suppose être le sac gestationnel puisque c'était fait de membranes et de la taille d'un kiwi écrasé. Quand son frère lui a demandé de quelle taille c'était, il y avait un kiwi rabougri dans le panier à fruits, alors elle a répondu « un kiwi écrasé » et cette image est restée, elle ne sait pas s'il en existe une consacrée en clinique. Peut-être qu'il n'y a pas d'expression descriptive agréée pour ça, aucune dénomination qui fasse vraiment médicale. Elle sent déjà qu'on ne va pas croire à son histoire, le kiwi écrasé ça ne fait pas sérieux, en plus elle a des questions, elle demande si c'est normal de ne plus saigner comme on lui avait annoncé, elle sent bien vers la fin de son mail qu'elle est juste une patiente désemparée, une de celles qui ont besoin qu'on leur explique encore et qui viennent gratter un peu d'espoir. Est-ce que c'est possible qu'il reste un embryon vivant ? Doit-elle s'attendre à d'autres saignements dans les jours à venir ?

Voilà, Lucile se sent stupide en l'envoyant, elle va vraiment avoir l'air entêtée d'espérer comme ça, mais c'est plus fort qu'elle, il faut qu'elle sache. Elle ne sait rien.

On la rappelle dans la matinée, c'est la sage-femme ! Son cœur bat, comme dans la grotte ! Elle va lui dire, lui redire que c'est fini, c'est sûr ! Elle l'entend immédiatement à sa voix, douce et compatissante face à son désespoir évident. La voix dit tout de suite : « J'ai eu votre message, non, non, c'est certain, j'ai bien vu à l'échographie, il n'y avait qu'un seul embryon. Allez, c'est dur, mais vous serez de nouveau enceinte : dès que votre utérus sera prêt. Allez, courage, vous serez bientôt de nouveau enceinte. »

Oui, oui, bien sûr, désolée, dit Lucile et à ces mots, qui échappent probablement à la sage-femme – « Allez, courage, vous serez bientôt de nouveau enceinte », elle ne devrait pas faire des promesses comme ça – sur cette dernière phrase, Lucile dit au revoir, raccroche et s'effondre : un torrent de larmes cette fois. Pas seulement parce qu'on lui a pris son dernier espoir, elle s'en doutait un peu, mais aussi parce que ça la désole d'être une de ces femmes à qui on ne peut pas s'empêcher de dire « Allez, courage, vous serez bientôt enceinte » comme si c'était tout ce qu'elle avait envie d'entendre. Ça commence à partir de là, quelque chose qui la dérange vraiment et qui va la perturber longtemps : devenir malgré elle une femme désespérée d'être enceinte, alors que cela ne lui ressemble pas. Elle a d'autres ambitions dans la vie, on ne s'est pas battu pendant toutes ces années pour en revenir à Rachel dans la Genèse qui crie à Jacob : « Donne-moi des fils, sinon je meurs ! »

Que l'image vienne de la Bible ou d'ailleurs, elle ne fait pas envie cette femme-là. La femme dans *Match Point* de Woody Allen – pas Scarlett Johansson, que tout le monde avait trouvée si sexy, l'autre femme du film que le personnage principal épouse et qu'il lui préfère parce qu'elle est plus riche : ils n'arrivent pas à avoir d'enfant et elle est là avec son thermomètre dans la bouche, « j'ovule, chéri », il regarde froidement la Tamise depuis leur bel appartement –, elle ne fait pas du tout envie cette femme-là. Tout osseuse, avec son thermomètre en verre, l'inverse de Scarlett Johansson qui est vraiment attirante, d'ailleurs il l'a mise enceinte sans même le vouloir, elle, pendant que sa femme devient de plus en plus repoussante avec son obsession d'enfant. Un épouvantail pour Lucile, cette image de femme au thermomètre dans la bouche, que Woody Allen a placée dans sa tête depuis le lycée – note pour l'avenir : attention à ne pas devenir comme elle ! Non, elle n'est pas du tout à l'aise avec cette idée. Pas seulement parce qu'elle a peur de devenir cette femme au ventre vide, obsédée par la procréation, mais aussi parce que ça l'avait forcément un peu contaminée, ces années assise dans des amphis où tout le monde hue ceux qui parlent d'autre chose que de médecine pure, qui nous fatiguent avec leurs émotions irrationnelles. Bien sûr que ça l'avait contaminée, même si ça l'enrageait, tous ces stages à l'hôpital où le modèle à suivre, c'était un mandarin qui racontait ses histoires de chasse, humiliait de temps en temps un externe, se tapait de temps en temps une infirmière, disait « Notre vie c'est à l'hôpital, alors on baise à l'hôpital », coupait la parole des patients et soupirait quand ils n'allaient pas droit au but, se foutait de la gueule d'une bonne femme qui viendrait le faire chier avec ses histoires d'embryon imaginaire qu'il n'aurait peut-être pas vu à l'écho, elle n'allait pas lui apprendre son métier quand même ! Ça l'avait malgré elle contaminée toute cette masculinité toxique, où même quand on était une femme à l'hôpital, il fallait être un homme, un vrai. Ça avait dû la contaminer, même si elle a quitté la médecine, cette haine du patient, du faible, qui vient gémir, qui vient supplier les médecins, les déranger alors qu'ils ont d'autres chats à fouetter : ils ont des opérations, des interventions, des visites, des contre-visites, des enseignements dirigés, des amphithéâtres, des recherches, des vraies choses à faire, la science à faire avancer, des *vraies* vies à sauver alors celle-ci de vie, qui n'est même pas née, cette *fausse* couche, mais qu'est-ce que vous voulez qu'on fasse pour elle ? Vous venez nous voir, madame, c'est déjà mort en vous, ça n'est même pas né, ça n'est pas viable, mais qu'est-ce que vous attendez de nous ? On est des médecins, nous, on *fait* des choses, on est dans l'action, dans le concret, les gens qui viennent parler pour ne rien dire, nous faire de grands discours, on leur jette du PQ dessus, nous, alors tout ce qu'on peut vous proposer, c'est ce qu'on nous a appris : des faits, des chiffres, des actions. On vous les a déjà dits, les faits, les chiffres, les actions :

— Les faits : ça n'est pas viable, votre grossesse s'est arrêtée, il va falloir évacuer.

— Les chiffres : c'est très fréquent et c'est normal, une grossesse sur quatre ou cinq. Pas la peine d'en faire une histoire.

— Les actions : on peut vous prescrire un médicament pour expulser tout ça, ou vous proposer une aspiration sous anesthésie générale au milieu des femmes qui accouchent. Non, on n'a pas pensé à un autre endroit plus adapté, on vous a dit, on est occupés, nous.

Si ça vous va pas, on n'y peut rien, nous on gère le côté médecine, pour le reste c'est pas nous, vous voyez avec les autres ce qu'on peut faire pour vous. Ben je sais pas, la religion, l'assistante sociale, la société, votre employeur, votre famille et vos amis, les bouquins sur le sujet, je sais pas, moi ! Quoi, la religion n'a rien prévu, mais vous n'êtes pas religieuse de toute façon, vous êtes athée qu'est-ce que vous me faites chier, bon la société n'est pas au courant, soit, vous-même vous venez de découvrir tout ça, mais comprenez-la, la société, il faudrait pas faire peur aux autres, on va pas leur dire que la maternité c'est aussi des ratés, on va pas leur dire que c'est pas juste des scènes de Nativité à la Georges de La Tour : Marie, magnifique, qui a accouché sans se décoiffer après être tombée enceinte sans faire l'amour, bon vous voyez ce que je veux dire… Ah, vous ne pouvez pas en parler autour de vous, parce que vous ne l'aviez pas dit, vous attendiez les trois mois, pourquoi déjà ? Ah oui, pour cette histoire de fausse couche potentielle haha, je suis con, bien sûr, bon on retombe sur nos pattes ! Alors vous vous sentez un peu seule avec ça, vous n'avez que le silence, ah oui, ce fameux silence… Votre sage-femme vous l'a bien dit, « Je n'ai pas de mots », il n'y a pas de mots, oui car les mots, c'est pas nous, les mots, c'est dans les livres, alors achetez-vous un bouquin ! Quoi, vous n'en avez pas trouvé qui décrivent ça, en littérature, vous vous foutez de moi, avec toutes ces fausses couches, il n'y en a pas une qui s'est fendue d'un roman sur le sujet ? Vous avez bien regardé ? Du côté de, je sais pas, celles qui parlent des femmes… tiens, Simone de Beauvoir par exemple, ah oui c'est vrai, elle n'a pas procréé, ça c'est les féministes, elle le dit à tout bout de champ dans les *Mémoires d'une jeune fille rangée*, qu'elle vaut mieux que ça, elle a d'autres choses à accomplir… Bon, Marguerite Duras ? Non, elle, c'est d'un enfant mort-né qu'elle a accouché, seulement des allusions dans son œuvre, trop dur d'en parler… Annie Ernaux, elle n'a pas écrit un truc là-dessus ? *L'événement*, quelque chose comme ça, ah, c'est sur son avortement clandestin, pas une fausse couche… Bon ben, je sais pas moi, vous n'avez qu'à les écrire vous-même ces mots, puisque vous en avez tant besoin !

Quand Lucile était en cinquième ou sixième année de médecine, il y a eu un drôle de cours dans un module un peu périphérique, sur les soins palliatifs ou la fin de vie. Le prof avait fait venir un invité, un généraliste exubérant en costume rouge (les généralistes ne donnaient jamais de cours en amphi). Il n'y avait pas de diapos, on n'y comprenait rien. Et ils ont décidé, c'était complètement fou, de discuter avec l'amphi. Les étudiants attendaient, le stylo levé, certains commençaient à s'agacer, à se lever. Ils ne criaient plus comme en première année, mais ils avaient toujours un concours à préparer, l'internat maintenant, et ils n'avaient pas le temps de discuter, ils voulaient qu'on aborde précisément les items au programme de l'examen national classant. Le généraliste en costume rouge – qui avait dû oublier les us et coutumes des amphis de médecine – s'était adressé aux étudiants et avait demandé : « Est-ce que vous pensez qu'il devrait y avoir des médecins de la mort ? » Silence absolu. Personne ne répond. On ne prend pas la parole dans un amphi, on prend des notes. Et qu'est-ce que c'est que cette question ? Des médecins de la mort, comme une spécialité médecine de la mort ? Est-ce qu'il parle de l'euthanasie ? C'est quoi cette question ? Silence de mort. Le costume rouge insiste, allez-y répondez, y a pas de mauvaises réponses, c'est juste une discussion. Alors quelqu'un avait finalement pris le micro pour répondre que non, on fait médecine pour soigner, pour s'occuper de la vie, pas de la mort. Je ne me souviens plus si quelqu'un avait dit autre chose.

Donc si Lucile pleure toute seule aujourd'hui, si Lucile a l'impression de vivre une chose absolument inédite, une chose sur laquelle elle n'a jamais rien lu, jamais rien appris, une chose dont on ne lui a jamais parlé, même dans une discussion entre amies, c'est normal, c'est dans l'ordre des choses. C'est comme ça pour tout le monde. Pour toutes les femmes qui vivent une fausse couche, donc une femme sur quatre ou une femme sur dix, j'ai lu les deux chiffres, c'est toujours difficile d'avoir des statistiques précises sur les sujets qui n'intéressent personne.

Lucile, heureusement, n'a pas respecté le silence imposé aux trois premiers mois. Elle n'a pas pu s'empêcher de dire qu'elle était enceinte. Pas à tort et à travers, mais avec les gens qu'elle voyait, quand c'était compliqué de le dissimuler, elle en a parlé, aussi parce qu'elle était trop heureuse de partager cette nouvelle qui l'emplissait de joie. C'était trop dur de garder le secret et elle ne voyait pas vraiment l'intérêt. Elle n'avait pas envie d'inventer des subterfuges compliqués pour refuser un verre de vin sans éveiller les soupçons, des mises en scène avec de la bière sans alcool qu'on aurait transvasée dans une autre bouteille, des histoires et des efforts pour masquer la fatigue. Elle avait pensé qu'elle n'avait pas à se cacher, elle se disait qu'il n'y avait rien de honteux.

Donc sans vraiment réfléchir, sans trop envisager les conséquences, Lucile avait annoncé sa grossesse à son entourage et elle s'en félicite aujourd'hui, parce que s'il avait fallu vivre la fausse couche tout en la camouflant, la fin d'un monde comme si de rien n'était, sans le moindre soutien, qu'est-ce que ce serait alors ? La double peine : endurer cette perte et devoir la masquer, pour qu'on n'apprenne surtout pas ce qui est arrivé. Quelle drôle d'idée, c'était donc pour ça qu'il ne fallait pas le dire ? Dans l'hypothèse d'une potentielle fausse couche ? Pour se retrouver seule si le drame redouté arrivait ? Le raisonnement lui semble idiot, elle est contente de s'être au moins évité cette solitude : celle de devoir cacher ce qui lui est tombé dessus, d'avoir à garder, enfouie, une des pires choses qui lui soient arrivées.

Donc puisque Lucile et sa langue bien pendue avaient parlé de sa grossesse par-ci par-là, elle doit aussi annoncer la fin un peu partout : « J'ai une triste nouvelle, etc. » Ce n'est pas si mal, car ça l'occupe, ça rend la nouvelle réelle, elle est obligée d'y croire à force de le dire, ça fait exister un tout petit peu ce non-événement. Ça lui évite ce désœuvrement effrayant dans lequel ils s'étaient trouvés en sortant de chez la sage-femme, samedi : ce vide absolu, ce néant, ce rien. Rien à faire, rien à dire, rien à annoncer.

Et Lucile reçoit des réponses, différentes réponses à son message, les voilà apparaître les fameux vingt pour cent, ceux qu'on n'avait jamais vus, dont on n'avait jamais entendu parler. Elles apparaissent là et seulement maintenant, ces fausses couches silencieuses. Elles sortent de l'ombre, entre fausses couches on a le droit d'exister : « Je comprends, ça nous est arrivé, c'est très dur, nous sommes de tout cœur avec vous dans ce moment entre deux mondes. » Toutes ces personnes qui peuvent soudain le dire, qui racontent leur histoire similaire, ce sont aussi souvent ceux qui savent ne pas minimiser, qui savent qu'il faut juste compatir.

La plupart des gens réagissent comme Lucile au début de ce récit : désolé et puis on espère ne plus jamais avoir à en parler, car tout de même, quel malaise ! Qu'est-ce qu'on dit à quelqu'un qui a fait une fausse couche ?

Ou quand on dit vraiment quelque chose, c'est pour affirmer que cette fausse couche est très positive. On l'appelle : « Au moins, vous savez que vous êtes fertiles tous les deux ! » Lucile acquiesce, bien qu'elle n'ait pas tellement eu l'impression de prouver sa fertilité en perdant sa première grossesse. On lui écrit : « C'est quelque chose de très fréquent visiblement... j'en ai beaucoup dans mon entourage à qui cela arrive pour la première grossesse, et heureusement sans annoncer de mauvaises nouvelles pour la suite donc c'est rassurant malgré le choc de l'annonce ! » Lucile répond merci, même si elle n'a pas vraiment trouvé ça rassurant de commencer ainsi l'expérience de la maternité. « La nature fait bien les choses » et autres sagesses dissonantes...

Deux jours plus tard, l'affaire s'est tassée, le non-événement bientôt classé, Lucile commence déjà à tourner la page, comme on l'encourage à le faire, quand elle reçoit ce message : « Coucou, comment vous vous sentez ? » Ce n'est pas une de ses amies à elle, c'est une de ses amies à lui. Elle l'aime beaucoup, mais ce n'est pas la personne dont elle est la plus proche, cette sollicitude l'étonne. Elle pensait que l'histoire était déjà enterrée. Disparue avec la chasse d'eau. Elle se souvient, on lui a dit que cette amie déjà mère d'un enfant a aussi vécu plusieurs fausses couches, alors elle la remercie de prendre des nouvelles et lui raconte en détail la façon dont tout s'est passé, qui lui semble extraordinaire. Elle lui explique même qu'elle a écrit à la sage-femme parce qu'elle ne savait pas si la fausse couche était vraiment terminée, puisque tout était sorti d'un coup « comme un mini-accouchement ».

L'amie n'a pas l'air surprise, elle lui répond que c'est la meilleure issue possible à une fausse couche qu'elle ait pu « accoucher naturellement » et qu'elle soit consciente du chemin psychologique parallèle au chemin physiologique. Elle est « heureuse pour eux trois » et espère la voir bientôt.

Personne ne lui avait encore parlé ainsi... L'amie a l'air de s'y connaître alors Lucile en profite, elle lui demande si elle savait qu'une fausse couche pouvait se passer comme ça. « Oui, une fausse couche est un accouchement. Je l'ai vécu trois fois et trois fois ça a été différent, mais ça a toujours été un accouchement. »

Lucile n'en revient pas, elle est rassurée d'apprendre que ça existe, parce que même l'interne qui lui a fait le contrôle échographique après l'évacuation semblait ignorer qu'il pouvait y avoir plus que des règles dans cette histoire et Lucile pensait être une sorte de Sainte Vierge de la fausse couche. L'amie répond à sa blague, désolée, tu es juste une femme. Elle ajoute que c'est normal qu'elle ne sache pas tout ça, parce que malheureusement c'est un sujet que personne n'évoque. Elle l'encourage à en parler autour d'elle, à poser des questions, elle lui confie qu'elle ne savait pas quoi faire du sac gestationnel quand ça lui est arrivé, et que selon le moment de la grossesse où on fait la fausse couche, ce n'est pas la même chose que l'on tient dans sa main.

Lucile se rappelle alors leur perplexité, quand ils s'étaient penchés au-dessus des toilettes. Du petit poids dans sa main qu'elle avait lâché tant ça l'avait surprise. Avant de l'appeler, elle avait regardé un peu, médusée. Une méduse flottant dans l'abysse de la cuvette. Mystère des fonds marins, fruit de ses entrailles... Elle avait eu cette image «le fruit de vos entrailles» comme dans le *Je vous salue Marie* qu'elle récitait enfant, quand elle se demandait ce que c'était «le fruit de vos entrailles». *Et Jésus, le fruit de vos entrailles, est béni* : elle ne comprenait alors pas cette phrase qu'elle connaissait pourtant par cœur. Elle avait vu quelque part une image de Jésus avec son cœur sanguinolent et rayonnant, ça ressemblait un peu à un fruit et elle avait pensé que c'était le fameux «fruit de vos entrailles». Devant la cuvette, cette image avait surgi, c'était donc cela, ce mystère? Ce qu'il y avait au plus profond d'elle, leur amour, c'était ce mort noyé? Un kiwi écrasé le fruit de ses entrailles...

Lui aussi avait été perplexe et médusé.

Et soudain Lucile réalise qu'avant cette conversation, elle n'avait même pas pensé qu'on pouvait faire quelque chose de ce sac gestationnel. Puisqu'elle n'avait même pas pensé qu'il y aurait un sac gestationnel, il n'y en a jamais dans les règles, aussi «grosses» soient-elles. Même l'interne de gynécologie ne savait pas qu'il y en aurait un dans le produit de l'*évacuation*! Quand elle lui avoue qu'ils étaient désorientés et qu'il avait voulu faire une photo, l'autre répond : «Normal.» Lucile est déconcertée, la gorge se noue. Qu'est-ce qu'elle a fait?

Et l'amie continue, elle lui dit qu'il y a plein d'autres façons de se souvenir de ce petit être. Elle explique qu'elle a eu de la chance, car ses fausses couches avaient toujours eu lieu entre un mois et demi et deux mois et demi. Parfois les embryons étant vraiment tout petits ils étaient sortis comme des règles, mais d'autres c'étaient vraiment des petits œufs et là, la question de ce qu'on en fait se pose...

Lucile se glace, la question ? Elle ne s'est posé aucune question, elle a brutalement tiré la chasse d'eau et voilà. Elle écrit à toute vitesse, comme une confession, elle se justifie de l'avoir lâché dans les toilettes, c'est juste qu'elle était tellement surprise...

Elle commence à regretter cette fin. Est-ce qu'elle n'est pas un monstre ? Non, pardon, c'est juste qu'elle ne savait pas ! Elle était désemparée, est-ce qu'elle aurait dû savoir, qu'on ne fait pas ça ?

Ouf, l'amie rit et dit qu'elle a fait pareil, après l'avoir baladé dans un petit pot dans son sac à dos dans tout Paris pour lui faire une cérémonie de lâcher dans la Seine sans jamais oser, elle était rentrée chez elle et plouf la chasse d'eau ! Lucile suggère que l'embryon a peut-être fini dans la Seine de toute façon, elles en rient un peu et se disent au revoir.

Après cet échange, Lucile est abasourdie de constater son ignorance. Stupéfiée de voir que ce savoir se transmet, comme ça, de façon si informelle et archaïque. Comme si elle n'avait pas étudié la médecine au XXIe siècle, comme si elle n'avait pas trente ans en cette fin janvier 2021, mais était une toute jeune fille d'un de ces temps immémoriaux, où on allait vous voir avant votre mariage pour vous mettre au parfum, entre femmes, pour vous expliquer le moment venu, les secrets, vous dire ce qui allait vous arriver.

Avec cette fausse couche, les yeux de Lucile se dessillent. Toute cette partie de la population qui a vécu ce non-événement apparaît brusquement. Et ils sortent de l'ombre pour lui dire que oui, ça existe, ils l'ont vécu eux-mêmes. Il faut le voir de ses propres yeux pour y croire. Soudain Lucile entre dans la confidence.

Ce voile se lève une autre fois à l'anniversaire de sa cousine. C'est la première fois qu'elle retourne dans cette famille depuis sa fausse couche trois mois plus tôt. Elle sait que tout le monde est au courant puisqu'elle leur avait annoncé sa grossesse au dîner de Noël, mais personne ne dit rien. Pas un mot. Pas un message. Elle comprend malgré tout, elle-même a déjà réagi ainsi. On est gêné, apparemment ce n'est pas aussi simple que de dire : J'ai appris que tu avais perdu ta mère, je suis désolée, est-ce que ça va ? Pas aussi évident que de demander : Alors, il paraît que tu t'es cassé la jambe, comment tu t'en remets ? Donc on ne dit rien. Une fausse couche, ça existe moins qu'une jambe cassée.

Ils ont quitté leur bout du monde pour retrouver cette famille loin de chez eux, comme à Noël quand elle était enceinte. De l'extrême ouest marin au nord-est terrestre. Même lieu, mêmes personnages dans cette scène, sauf Lucile qui n'est plus la même. Ce n'est plus l'hiver mais le début du printemps, le temps semble avoir avancé sans elle. Elle seule a reculé.

La dernière fois, cette cousine dont c'est l'anniversaire s'était réjouie avec Lucile de cet enfant à venir. Elle aussi était enceinte, elle vient d'accoucher d'ailleurs, alors elles en avaient parlé ensemble, elles étaient même assises côte à côte. À l'époque elles pouvaient parler de cette grossesse, c'était il y a peu de temps encore, maintenant il ne faut surtout rien dire ? Ce silence recouvert du brouhaha, il blesse Lucile aussi. Il fait du brouhaha une mascarade. Pourquoi se réjouir ensemble quand on ne peut pas compatir ensemble ? Même dans une famille, on doit taire ce qui est trop intime ? Un psychiatre disait de la fausse couche qu'elle regroupait trois tabous ultimes de notre société : le sexe, le sang et la mort. Et Lucile est blessée par ce tabou, elle se sent niée, mise à l'écart. Elle est punie. Elle trouve ça violent, tous ces gens pourtant proches qui savent ce qu'elle vient de vivre mais font comme s'il ne s'était rien passé. Pire : il lui semble qu'ils l'évitent un peu, de peur qu'elle ne se mette à en parler peut-être ou parce qu'ils ont honte de ne rien oser lui dire. Elle est mise au coin. Si tout s'était déroulé normalement, ils auraient pu commenter la progression de sa grossesse, mais comme on ne peut pas commenter la récession d'une grossesse, il y a un blanc. Un ange passe autour d'elle.

Depuis son coin, il se passe enfin quelque chose, à la fin de la soirée. Le repas est fini, les gens se sont éparpillés. Autour de Lucile, il y a la cousine et une de ses amies. La cheminée est juste derrière elles trois, le feu crépite, les hommes sont plutôt à l'autre bout de la pièce, Lucile le remarque : elles sont entre femmes. Alors, dans cette atmosphère de relâchement et de confidence près du feu, elles en parlent à Lucile, tout bas. « C'est terrible à dire, commence la cousine, mais il valait peut-être mieux ça que d'avoir un enfant handicapé. » Lucile ne savait pas qu'elle attendait un enfant handicapé, elle imaginait juste un enfant alors elle n'a pas trouvé que c'était mieux comme ça. L'amie de la cousine a cette phrase : « Toutes, autour de cette table, on l'a vécu. *On y est toutes passées.* Même elle ! (Elle désigne une autre cousine au bout de la table.) Alors elle, elle t'en parlera même pas, laisse tomber. Mais on y est toutes passées. » Elle l'a dit gentiment, comme un encouragement, car elles ont toutes des enfants aujourd'hui, mais tout de même, cette phrase « On y est toutes passées »... Comme quelque chose que la femme devrait inévitablement endurer dans le silence, comme le viol, hop on y est passées dans la casserole de celui-là ! Quelque chose face à quoi il faudrait se soumettre sans faire de vagues, ne surtout pas en parler. C'est comme ça pour nous toutes et c'est peut-être même mieux ainsi. Elles initient Lucile, elles lui ouvrent ces dossiers confidentiels, mais elles lui disent aussi de ne pas en faire un drame, de l'accepter discrètement, comme tout le monde le fait, comme elles ont dû le faire, comme elles ont dû y passer. Lucile découvre un monde nouveau, puis on l'invite aussitôt à taire ce secret, cette anomalie qui pourrait entacher le mythe de la maternité heureuse. Une histoire tellement sacrée qu'il ne faudrait pas venir la gâcher avec des péripéties de sang et de mort.

Lucile fait des rêves, plusieurs fois le même type de rêves. Elle le remarque parce qu'elle s'en souvient rarement mais ceux-là tournent un peu en rond, ils s'enroulent et se répètent. Elle accouche d'un bébé, elle le tient dans ses bras – son bébé ! Elle l'aime, elle l'aime plus que tout, mais soudain elle réalise qu'elle l'a laissé dans une autre pièce. Effroi, elle se lève, qu'est-ce qu'elle a fait, elle l'a oublié ! Non, non, elle ne voulait pas, elle n'a pas fait exprès, pourvu qu'il ne soit pas mort, ouf, elle le retrouve par terre, tout seul, il n'est pas mort, elle le prend dans ses bras, soulagée, mon bébé, mon bébé, pardon, elle le serre contre elle, comment a-t-elle pu le laisser, pardon, et puis ça recommence : où est-il ? Non, non, elle l'a encore laissé quelque part ! Comme dans ces cauchemars où on est l'auteur d'un crime malgré soi, on est coupable et on ne comprend pas comment cela a pu arriver.

Un autre : elle accouche d'un enfant, elle veut le prendre dans ses bras, il est emmailloté, elle le regarde : il n'a pas de visage. Plusieurs fois cette surprise, ce choc : il n'a pas de visage !

Chaque mois, le rouge célèbre désormais la mort. Chaque fois, comme une nouvelle fausse couche, un nouveau deuil. L'anomalie ne s'est pas réparée. Elle n'est pas retournée à cet autre état d'elle, enceinte, qu'on lui a si brutalement retiré. Non, elle reste toujours dans l'ancien corps, l'ancienne Lucile dans laquelle elle ne se reconnaît plus vraiment. Elle avait tellement travaillé à se faire à cette idée hallucinante, à se fondre dans cette nouvelle identité – Vous attendez un enfant – que celle d'avant ne lui va plus. Pour elle, ce n'était pas un non-événement : son corps s'est véritablement transformé, et son esprit a suivi. Avec toutes ces promenades solitaires où elle examinait cette idée d'être deux en un, ces longues marches dans un corps en mutation, où elle imaginait ce qui était en train de se développer en elle : elle a la sensation que quelque chose de nouveau s'est déclenché de façon irréversible. La possible maternité, qu'elle connaissait d'un point de vue théorique uniquement, cette option de la femme, depuis qu'elle l'a envisagée corporellement, elle n'y est plus du tout indifférente. Elle veut y retourner. Depuis le premier mois, elle espère y retourner. Périodiquement, tout se rejoue. Elle croit ne rien espérer, car elle espère tout bas. Elle essaye de surprendre sa propre ombre. Elle croit tromper ainsi la déception, mais celle-ci la rattrape chaque fois, toujours un peu plus forte. Elle se jure que cette fois elle n'attend rien, qu'elle ne le souhaite pas plus que tout. Mais la tache rouge est chaque fois si éclatante qu'il faut bien admettre qu'elle avait attendu et espéré de tout son cœur. Qu'elle y avait mis toute son énergie, toute sa foi, celles qui semblent alors l'abandonner complètement pour la laisser dans ce désespoir qui lui fait honte. Depuis la fausse couche qu'on lui a présentée comme des «grosses règles», les règles sont devenues comme une «petite fausse couche» par mois. Ce n'est plus du tout cet événement banal qui l'a accompagnée chaque mois depuis ses quinze ans, à sa plus grande indifférence, non c'est maintenant une réelle blessure qui se rouvre et qui saigne chaque mois et elle s'étonne de n'avoir jamais été choquée par la violence de ce sang si rouge et si épais. Par ces grumeaux, ces morceaux, ces lambeaux de vies imaginées que son corps rejette.

Les générations précédentes s'étaient battues pour pouvoir choisir d'être enceintes, Lucile a grandi avec cette évidence du choix, elle n'avait pas imaginé qu'elle n'aurait pas le pouvoir de décider d'une grossesse quand elle la voudrait. Elle tombe des nues quand la gynécologue lui dit «Eh oui, on n'est pas une espèce très fertile, nous les humains!».

Elle n'en revient pas de ces mois qui s'entassent, trois mois, six mois, neuf mois, bientôt douze... Alors qu'elle s'imagine que la déception est si forte qu'elle va au moins anéantir l'espoir que ça arrive un jour, et donc empêcher la douleur de revenir chaque mois, il revient toujours sur la pointe des pieds. Elle doit le chuchoter intérieurement quelque part, il ne faut pas le dire trop fort, il ne faut pas y penser, et elle est de nouveau cet enfant qui croit que Dieu lit dans ses pensées. Elle doit y croire encore à ce Dieu de son enfance et elle doit croire qu'il est juste. Dans le fond, elle se réjouit presque de perdre espoir : plus elle se répète qu'elle n'attend rien, plus elle fait mine de patienter sans rien demander, plus elle est secrètement certaine que ça va arriver, par une sorte de logique magique faite des restes d'une foi enfantine et de l'injonction impossible de « ne pas y penser pour que ça arrive ». Elle doit se dire que c'est ainsi que le miracle va advenir, comme dans les films ou dans les Béatitudes, il doit y en avoir une qui dit dans l'Évangile : « Heureux les affligés, car ils seront consolés. » Elle réalise qu'avant cet événement, elle avait apparemment envisagé l'ordre du monde avec cette conviction qu'il était juste, moral, magique. Que toutes sortes de petits miracles arrivaient grâce à une globale bienveillance du monde. Ça pouvait être un peu long, mais on vous récompensait finalement quand vous aviez assez patienté, assez enduré. Cette conviction puérile lui fait honte, parce qu'elle prend conscience qu'elle ressent physiquement l'injustice, cette injustice pourtant quotidienne et évidente, elle ne la ressent véritablement que depuis qu'elle l'a atteinte dans son corps. Elle ne devient concrète et réelle que lorsqu'elle en a la minuscule preuve personnelle, dans son propre petit malheur. L'injustice intrinsèque du monde est devenue effective avec cette fausse couche si ordinaire, qui se répète chaque mois. La volonté ou la persévérance ne servent à rien. On ne s'approche pas du but parce qu'on essaye et qu'on espère plus, ni même lorsqu'on se cache d'espérer, mois après mois, non, on n'a rien épargné, rien mis de côté, on n'a pas avancé d'un pouce, on retourne toujours exactement au début, à la case départ.

Quand les mois forment une année, on compte de nouveau les mois et chaque mois on est renvoyé à Brest, un samedi pluvieux, 8 h 45. Bien sûr, elle trouve aussi que c'est une façon problématique d'envisager la vie, de vouloir tellement cet enfant, de l'exiger, d'exiger réparation de ce qu'on lui a enlevé et qu'on lui avait promis avec un certificat CERFA. Elle se doute que ce n'est pas ainsi que ça marche, on lui répète cette formule infernale : « Il ne faut pas y penser ! » Elle a entendu ces histoires de couples infertiles, qui ont tout essayé, absolument tout, ont finalement fait les demandes d'adoption et, alors qu'ils s'étaient résignés et n'attendaient plus rien, évidemment le miracle survenait. Elle a cette intuition, l'idée qu'il faudrait qu'elle arrête franchement d'espérer, mais comment revenir à l'état d'indifférence d'avant sa transformation ? Elle a honte d'être devenue cet espoir désespéré, se trouve pathétique de disparaître derrière cet appel de la maternité, dont elle ne saurait donner les véritables raisons. Elle ne s'attendait pas à être submergée par ce désir d'enfant, cette urgence, elle se sent même coupable de les ressentir. Il arrive qu'elle le regarde, si beau, et qu'elle se dise soudain : il peut mourir ! Elle n'y pensait pas si souvent avant. D'un instant à l'autre, il peut mourir et l'idée d'un monde sans lui, sans même son enfant pour pouvoir se souvenir de lui, la terrifie. Elle est brusquement affolée de ne pas porter son enfant, puis elle écarquille les yeux, atterrée d'avoir ces pensées... Elle secoue la tête. Le pauvre enfant ! Heureusement que tu ne tombes pas enceinte, tu fabriquerais du pâté pour psychanalyste !

La vie continue malgré tout chez les autres : des amis annoncent leur grossesse – on a fait l'écho hier –, champagne, on les félicite.

Comme chaque fois lors de cette situation, Lucile a peur que ça se voie. Elle espère qu'on ne remarque pas qu'au moment où ils annoncent leur grossesse, on lui annonce encore sa fausse couche. Elle sourit, elle dit bravo, elle se demande s'ils ont vu qu'elle n'est soudain plus sur la terrasse avec tout le monde, le verre levé, elle est à Brest, un samedi matin, 8 h 45 sous la pluie et elle ne peut pas se dire cette fois « Heureusement, il pleut ! ». Non, il y a ce beau soleil couchant et cette joie, et elle doit se réjouir, elle ne doit pas sentir cette déréalisation cotonneuse qui l'assaille. Il faut sourire, trinquer, dans un état proche de la défaillance, depuis cette rue affreuse de Brest, très proche de la mort vraiment, cet état où elle sortait de la caverne de la mort, où elle l'avait touchée de si près. Il faut toujours un petit moment pour en revenir, elle n'y peut rien, ce n'est pas beau, mais c'est une sensation physique, au-delà des pensées : ils annoncent leur grossesse, elle revit sa fausse couche, elle ne peut pas y couper, ce vide aberrant qui lui était tombé dessus, et elle finit même par redouter ces annonces. Elle espère qu'on lui épargnera l'annonce en public, pour lui éviter de revivre cet instant au milieu d'une effusion de bonheur. Elle a toujours l'espoir, apparemment fou, qu'on lui annonce la nouvelle d'une façon moins théâtrale, moins victorieuse, qu'on s'imagine que présenter sa grossesse comme une victoire – On a passé l'écho ! – c'est présenter sa fausse couche comme un échec. Elle a l'espoir qu'on l'appelle ou qu'on discute, pourquoi pas qu'on lui demande comment elle va depuis la fausse couche, et que justement, à ce sujet-là, on a quelque chose à lui dire. Mais pour ça, il faudrait que la fausse couche ait existé, qu'elle n'ait pas été effacée. Il faudrait que ce couple d'amis qui annoncent leur grossesse lui ait dit un mot quand ils ont appris que la sienne s'était arrêtée. Ils n'ont rien dit alors comment lui faire aujourd'hui une annonce plus délicate ? Elle avait senti l'annonce venir, elle s'en doutait un peu, alors pour se protéger de l'effet décrit plus haut qu'elle commence à connaître elle a ménagé un moment avant, où ils n'étaient que trois, elle a tendu des perches et donné une opportunité de lui annoncer un peu différemment, d'une façon qui aurait peut-être considéré sa situation, mais non, ce n'était pas encore le moment du lever de rideau, ce sera dans une heure quand tout le monde sera sur la terrasse : avant, rien ne doit filtrer. Peut-être que ce serait plus facile de se réjouir si on avait partagé aussi ce qui vient avant, les nausées, les fatigues, les peurs, les désagréments, les éventuelles fausses couches, les tentatives ratées, les échecs… Mais on ne parle que quand le corps est performant, quand il a réussi, le reste on le cache, on l'endure discrètement, alors c'est bien normal de mettre en scène cet exploit quand on a dû subir tout ce qui précède en silence. C'est bien normal de crier victoire, quand on a enfin le droit de parler, ça se conçoit tout à fait.

Lucile a bien conscience que ce type de scènes cessera de la faire souffrir dès qu'elle sera de nouveau enceinte. Alors, quand elle doit les subir pendant qu'elle essaye d'ignorer l'espoir, il revient malgré elle, craintif, comme s'il ne voulait pas attirer l'attention. Elle a peur de traverser silencieusement les années dans cet espoir étouffé, de s'effacer derrière lui, de n'être plus que lui. Il ne faut pas compter sur cet espoir, ne pas vivre que pour lui. Et c'est ce qu'elle pense faire à chaque fois. Mais elle se ment. Sans même le savoir. Chaque mois, on lui redit : non, tu as menti. Rouge. Il n'y a qu'à voir ta tête face à ce rouge, tu as menti, tu as espéré. Carton rouge, essaye encore. Et elle croit que c'est bon, elle a compris la leçon cette fois, mais c'est faux. Ça n'arrive jamais. Cette leçon-là, elle qui a une si bonne mémoire, elle supposément maligne, elle n'arrive pas à l'apprendre.

Elle sait bien qu'elle s'y prend mal avec cette obsession, sa mère lui a dit « Tu vas voir, ça va te tomber du ciel » et on dit bien *tomber* enceinte, comme on tombe par terre, comme on dit *tomber* amoureuse ou *tomber* des nues, c'est quelque chose qui nous *tomberait* dessus. Oui, elle sait tout ça, mais c'est plus fort qu'elle : pour Lucile, il y a une injustice qui attend d'être réparée. Elle était enceinte et elle ne l'est plus. Elle ne peut plus revenir à la Lucile d'avant comme si rien ne s'était passé : l'ancienne Lucile, maintenant, ce n'est plus elle, ce n'est pas sa vie. Puisqu'elle est une femme enceinte qui n'est plus enceinte, elle est dans un endroit qui n'existe pas, elle est dans un entre-deux non défini, elle est au purgatoire, mais elle ne sait pas quelle peine elle purge, elle ne sait pas ce qu'elle peut faire pour plaider sa cause. Elle a peur de rester coincée là.

Ce purgatoire dans lequel elle se sent enfermée, il n'est pas que dans sa tête, il est créé aussi par les autres. Depuis sa fausse couche, d'autres l'y renvoient aussi. Oui, car cette Lucile qui était enceinte et qui ne l'est plus, qui ne retombe pas enceinte, elle dérange un peu parfois, elle met mal à l'aise alors on l'évite.

Il y a cette histoire avec ce garçon qu'elle connaît depuis ses neuf ans, qui la présente toujours comme sa meilleure amie : elle a été témoin à son mariage, ce genre de choses censées montrer qu'on est proches, qu'on peut se parler, qu'il ne devrait pas y avoir de gêne, de tabous. Après sa fausse couche, qu'elle lui raconte, il est désolé et se montre très compréhensif. Lucile remarque quelque temps après qu'elle a moins de nouvelles de lui. Elle organise un week-end, mais c'est compliqué de trouver une date qui lui convienne, il travaille beaucoup, il a pas mal d'invitations, on y arrive quand même puis le week-end est finalement annulé. Rien de bien important, des petites choses que Lucile relève tout de même sans les comprendre jusqu'à ce qu'il l'appelle un jour pour lui annoncer, d'une voix dans laquelle elle perçoit comme un soulagement, que sa femme est enceinte. Lucile ne s'y attendait pas, elle le félicite. La dernière fois qu'ils avaient abordé ce sujet, quand Lucile était encore enceinte cinq mois plus tôt, il lui avait dit qu'ils n'envisageaient pas de grossesse pour l'instant, il avait même parlé d'adoption. Elle dit bravo, ça alors, depuis combien de temps ? Trois mois, ils ont fait l'écho hier, c'est bon ! Ah ça fait déjà trois mois ? Vous ne l'aviez pas dit avant ? Non, juste à la famille, ah, et si, les voisins qui nous ont grillés à la fin, quelle galère c'était de le cacher avec eux, je fourrais des bières sans alcool dans le jardin pour qu'elle échange discrètement et qu'ils ne remarquent pas ! Après avoir raccroché, elle comprend mieux ces évitements récents, puisque c'était si important et si compliqué de le cacher. Une femme enceinte de moins de trois mois, ça n'existe pas non plus, on le sait bien. Ça lui paraît un peu incompréhensible, ces subterfuges et mises en scène, pour lui dissimuler quelque chose qu'elle avait si évidemment partagé avec eux. Elle est surprise de cette décision, parce que après sa fausse couche elle lui avait raconté à quel point elle était soulagée d'avoir annoncé sa grossesse à quelques personnes proches, elle lui avait dit que cette histoire des trois mois cachés, elle ne la comprenait pas vraiment, qu'il lui semblait que cela n'était pas tellement dans l'intérêt des femmes : pourquoi vouloir se retrouver seule dans l'éventualité du malheur ? Mais bon, ils font comme ils veulent après tout, c'est leur grossesse, leurs vies et leur décision – chacun sa carte du monde, comme dit sa belle-mère. Elle sait que c'est comme ça autour de lui, on parle plus souvent des succès que des échecs ou des difficultés, on connaît ces habitudes, et elle comprend donc qu'il préfère tout lui dire, le projet de grossesse et la grossesse validée, une fois qu'il est sûr d'avoir réussi, d'avoir passé l'examen des trois mois. C'est le « choix » évident de la plupart des couples.

C'est elle qui a dérogé à la règle en en parlant, et d'une certaine façon on le lui rappelle en faisant comme si cette grossesse dite trop tôt et terminée trop vite n'avait pas existé : il n'y a pas un mot pour elle dans cet échange, aucune mention de sa situation. Sa grossesse à elle est effacée par la nouvelle. Ce n'est pas qu'on a oublié, c'est palpable, c'est là, gros comme une maison, un éléphant au milieu de la pièce : le malaise d'avoir commencé une grossesse juste après la fin prématurée de la sienne, le soulagement dans la voix de pouvoir enfin le dire, on sent tout ça. Mais on ne dit rien. La conversation s'enraye, alors c'est elle qui crève l'abcès, elle prend une voix enjouée pour dire « Bon ben, il va falloir que je retombe vite enceinte alors pour qu'ils aient à peu près le même âge ! ». Elle l'a exprimé à voix haute parce qu'elle le pense – elle ne pense qu'à retomber enceinte – mais aussi pour détendre l'atmosphère, pour dire que ça va, elle n'a pas de rancœur, elle le dit pour que ce soit plus facile pour tout le monde. Il est gêné, mais aussi soulagé qu'elle l'ait formulé, il ose enfin lui demander comment ça va d'ailleurs, à ce sujet, où en sont-ils ? Ça remet une goutte d'huile dans la mécanique grippée de leur échange. Si elle n'avait rien dit, elle n'aurait eu droit qu'au silence grinçant. C'est sa fausse couche après tout, sa responsabilité, son fardeau à elle.

Lors de ce même appel, il l'invite à son anniversaire : une grande fête pour ses trente ans, dans sa nouvelle maison, avec sa femme qui sera officiellement enceinte, leurs familles et amis. Ça fera dix heures de route dans le week-end, il n'y aura pas de place pour elle dans la maison, car la famille y dort, il faudra aller à l'hôtel dans la ville d'à côté, il faudra prendre les vélos pour rentrer à l'hôtel la nuit, elle n'a pas tellement le courage, mais elle se dit qu'il ne lui pardonnerait pas si elle ratait ses trente ans. Avec l'annonce de la grossesse et cet éloignement des derniers mois qu'il faut combler, non, ça ne passerait pas si elle ne venait pas. C'est important les amis d'enfance, ça ne se refait pas, ce sont des amitiés qu'il faut préserver, alors elle y va, ils y vont tous les deux. Ils arrivent à la fête, et là, il lui semble criant qu'il l'évite. Il reste cinq minutes avec eux au début pour ouvrir les cadeaux qu'ils lui ont apportés, c'est encore la mécanique grippée, quelqu'un l'appelle et il s'échappe, tout le monde est soulagé. Elle parle avec son père qu'elle connaît depuis longtemps, elle parle avec sa famille, avec ses amis, avec tout le monde, mais avec lui, jamais. Il passe deux fois leur demander s'ils ont bien goûté le cochon de lait, il a oublié qu'ils n'en mangeaient pas et il n'a pas écouté leur réponse. Sa femme, enceinte de trois mois et demi, a déjà le ventre qui dépasse, un peu rebondi, mais c'est vrai qu'elle est très mince, ça lui va bien. Quelqu'un lui fait justement une remarque sur son ventre qu'on voit déjà bien, elle soupire, elle dit oui c'est lui qui a voulu que je mette ce haut, car il trouve qu'on voit plus mon ventre avec. Lucile se demande alors s'il y aura une grande annonce avec du champagne où il montrera le ventre de sa femme et où tout le monde applaudira. Elle finit par lui mettre la main dessus, tu ne m'as toujours pas fait visiter ! Ah oui, allons-y. Il n'est pas plus à l'aise. Et pendant la visite, elle comprend son malaise : il y a des chambres où dorment des amis lointains, il y a aussi le grenier, où d'autres ont mis des matelas. Il lui avait pourtant expliqué qu'il logeait déjà sa famille, que les amis devaient prendre un gîte ou un hôtel. Il ne voulait donc même pas qu'elle dorme ici ?

Elle commence à vraiment sentir ce qui se passe. Il ne fait pas l'annonce avec le champagne et le ventre de sa femme, il l'aurait peut-être faite si elle n'était pas là ? Même cette histoire de cochon de lait, sans autre choix, semble être un acte manqué pour dire qu'ils ne sont pas bienvenus. Il n'y a pas de lit pour eux ici, il n'y a même pas de dîner pour eux, il n'y a pas de paroles pour eux.

Il existe cette superstition dans quelques religions, qui empêche les femmes enceintes d'aller aux enterrements pour protéger leur fœtus, alors peut-être que, selon la même logique, il ne vaut mieux pas qu'une femme ayant perdu une grossesse s'approche trop d'une femme enceinte ? Est-ce qu'elle porte le mauvais œil ? Et tout lui semble être un peu artificiel soudain, cette amitié même, où il ne peut plus lui adresser la parole, parce que ça lui semble trop sensible, où il préfère qu'elle aille à l'hôtel pour pouvoir montrer le ventre aux convives peut-être ? Pour Lucile, il n'y avait pas de malaise, mais un deuil, rendu plus difficile et douloureux parce qu'on ne peut pas le partager : elle aimerait que cette fausse couche ne soit pas un tabou, pourtant on lui impose ce tabou. Elle se dit que c'est incroyable qu'une fausse couche, un événement normal de la vie d'une femme, puisse ébranler une amitié aussi facilement. Les événements difficiles resserrent habituellement les liens d'amitié, on reçoit du soutien, on dirait pourtant que la fausse couche a l'effet opposé et provoque le rejet. Elle attend que la soirée se termine, elle a hâte de rentrer. C'est bientôt la fin, il est 2 heures, on est autour du feu dans le jardin, il vient enfin la voir, il lui tape dans le dos, alors vieille branche ? Elle ne peut pas faire semblant, elle lui dit qu'ils auraient pu dormir là visiblement, ce n'était pas la peine de prendre un hôtel dans la ville d'à côté avec les vélos pour rentrer de nuit à travers la campagne. Il baragouine un malentendu, il ne veut pas reconnaître : c'est mes trente ans, qu'est-ce que tu me fais, j'ai invité tout le monde, j'ai acheté un cochon de lait, quelle organisation c'était, c'est quoi ces reproches ? Elle le laisse dire et, écœurée par cette mauvaise foi et son cochon de lait qu'il remâche, elle pense alors que cette amitié où l'on doit tout taire ne vaut pas grand-chose, et elle dit juste d'accord, d'accord en pensant tout l'inverse, en pensant qu'elle n'est pas d'accord avec cette amitié. Le sujet arrive finalement, il l'entraîne à l'écart pour parler. Il dit qu'en fait ils n'avaient pensé qu'à eux et à leur fausse couche, c'était trop horrible, ils ne savaient pas comment faire, sa femme est tombée enceinte juste après, deux mois après sa fausse couche, ils y ont pensé tout le temps, ça les a *traumatisés*, il jure qu'ils n'avaient que ça en tête, il dit *ça nous a traumatisés*. Il veut lui montrer qu'il n'est pas insensible, qu'il a justement beaucoup pensé à elle, qu'il ne voulait pas l'exclure mais ne savait pas comment faire, *ça nous a traumatisés*. Il répète cette phrase qui la marque, qu'elle trouve assez injuste, surtout après un tel silence. C'est de sa faute maintenant, elle les a traumatisés avec sa fausse couche. Elle n'en a pourtant pas fait un drame, elle l'a juste dit, elle a dit que ça lui était arrivé, parce que ça arrive. Bon, elle lui pardonne déjà un peu d'avoir reconnu que tout ça n'était pas qu'une vue de l'esprit. Mais elle lui dit aussi qu'elle trouve ça absurde qu'ils n'aient pas pu lui en parler simplement, absurde qu'ils aient préféré l'éviter, absurde qu'il y ait juste eu ce silence, cette gêne, ce malaise, tout ce qu'elle voulait précisément éviter en n'en faisant pas un secret.

Elle est naïve, Lucile. Elle croit qu'en ne gardant pas un secret, elle peut briser un tabou.

À Noël, elle se souvient de la façon dont tout le monde l'entourait, la célébrait, l'année passée quand elle était enceinte. Elle avait été étonnée d'être propulsée au centre de l'attention, félicitée, elle n'avait pourtant pas fait grand-chose ! Ses cousines plus âgées, qui avaient déjà des enfants, avaient posé des questions – « Quel sera son signe astrologique ? » – raconté leurs propres grossesses, s'étaient réjouies, quelqu'un avait dit « L'année prochaine, on sera deux de plus ! ». Cette année, il n'y a plus cette effervescence. La cousine qui était également enceinte l'année d'avant, celle qui était assise à côté d'elle, loin des fumeurs, est maintenant installée à l'autre bout de la table, loin de Lucile. Une autre est enceinte, elle n'est pas venue. Sa tante lui montre des photos d'un neveu qui vient de naître à l'étranger. Une grande famille, on fête Noël tous ensemble, une grande tablée. Elle regarde la famille et elle réalise que ces tantes, oncles, cousins et cousines n'ont jamais réagi à sa fausse couche : à part la cousine qui lui a dit que c'était peut-être pour le mieux, personne n'a plus jamais fait allusion à cette grossesse.

Je ne veux pas dire qu'ils sont méchants. La famille de Lucile est une famille normale, ils font comme tout le monde. C'est Lucile qui n'a visiblement pas fait comme tout le monde, en disant ce qui arrive et qu'on tait le plus souvent. Ils sont gênés peut-être, alors ils évitent le sujet, et ils évitent Lucile un peu aussi. Ils évitent de trop s'approcher d'elle, avec leurs bébés, leurs grossesses.

Et encore une fois, elle trouve que c'est bien peu de chose, ces liens, qui se distendent dès qu'on n'est plus dans des repères confortables. À cette table, on pourrait croire qu'elle a simplement rêvé sa grossesse et le Noël précédent.

Elle se sent bien seule, bien isolée au milieu des autres. C'est ce qu'elle se dit quand un miracle se produit. Un miracle véritablement : une preuve qu'une alternative existe. Que ce n'est qu'une construction sociale, que cela pourrait être tout à fait évident, si on était sans a priori, humains tout simplement.

C'est quelques jours après ce Noël, elle est de l'autre côté de sa famille, celui qu'elle voit rarement. C'est une trop grande famille, elle n'est pas toujours au courant de la naissance du dernier cousin, il y en a un qui a six ans, tiens, elle ne savait même pas qu'il était né ! Elle le prend pour son grand frère, mais son grand frère est là-bas, il a douze ans maintenant ! Elle les connaît moins bien que l'autre famille, à part sa grand-mère qu'elle adore, elle ne les voit pas souvent – surtout aux enterrements, et on est justement à celui de sa grand-mère. On doit se retrouver dans la maison de la grand-mère, manger un peu avant de l'enterrer. Tout le monde arrive, on ne s'est pas vu depuis longtemps, on se redécouvre depuis le dernier événement familial, ça remonte dis donc, tu n'étais pas aux soixante ans ? Si ? Ah non, c'était à l'enterrement du grand-père ! Ce moment-là, on se marche un peu sur les pieds, on prend du cake machinalement, il reste en miettes dans la bouche, on est un peu tendu, parce qu'on ne se connaît pas si bien mais que tout le monde connaît bien la grand-mère – pour tout le monde elle était essentielle –, c'est la raison pour laquelle on est tous là. Ce qui nous lie, c'est ce nœud dans la gorge quand on regarde son fauteuil vide. On se dit bonjour, ça fait longtemps, tu as changé, alors tu en es où, mais on est encore dans la tension d'avant l'enterrement. C'est la cohue dans la maison, Lucile trouve un cousin sympathique pour discuter un peu, il a changé, c'était un enfant la dernière fois qu'elle l'avait vu. Maintenant c'est un jeune homme, il est joyeux, il est vivant, il est assez féminin et ça lui va bien, il est beau. Elle reste un moment avec lui pour discuter, même si on ne se connaît pas, car c'est un peu oppressant ces retrouvailles autour du fauteuil vide, on essaye de respirer là où l'air est plus léger alors on reste un peu avec ce cousin. Le cousin garde ses gants à l'intérieur, il ne les enlève jamais, des gants en polaire, il prend la quiche avec ses gants, c'est surprenant, on se demande ce qu'il a, peut-être une maladie de peau, on ne sait pas. Une tante dit : « Ah tu ne sais pas pourquoi il garde ses gants ? », elle dit ça avec un air effrayé, puis elle se détourne en soupirant, on n'insiste pas, ça a l'air terrible. Et plus tard, dans le train du retour, quand il saura qu'il peut, il les enlèvera ses gants, d'un geste magistral, avec son plus grand sourire, pour dévoiler ses ongles vernissés, sa belle manucure verte qu'il n'allait pas enlever pour l'enterrement quand même, et on rira ensemble.

Voilà on est là, Lucile est dans cet instant qu'on connaît bien, autour du buffet, un moment grave et joyeux, de retrouvailles et d'au revoir, étrange, quand ce petit miracle se produit. Un oncle s'approche de Lucile, tiens comment tu vas ? C'est le père du cousin aux gants, c'est celui qu'elle a l'impression de connaître un peu mieux que les autres, car c'est celui qui ressemble le plus à son père à elle, mais ils ne se voient presque jamais. Ça va et toi ? Et l'oncle lui dit : alors j'ai appris qu'il t'était arrivé des mésaventures, et Lucile ne comprend pas de quoi il parle, elle a eu quelque chose à la dent juste avant Noël, mais c'est anecdotique, pourquoi il saurait, remarque, sa mère aurait pu lui dire, c'est bien son genre, enfin ce serait vraiment bizarre, pourquoi sa mère aurait parlé à son beau-frère d'une petite inflammation de la gencive alors qu'ils ne se parlent presque jamais ? Euh… des mésaventures ? Il voit qu'elle ne comprend pas, qu'elle cherche. Elle ne peut pas imaginer, même si elle y pense constamment, que quelqu'un se souvienne d'une fausse couche qui a eu lieu il y a presque un an maintenant et surtout elle ne peut pas envisager qu'on vienne lui en parler puisque tout le monde évite volontairement ce sujet. Lui en parler ce serait comme lire dans ses pensées, elle croit que ce n'est pas possible.

Il lui dit, ben j'ai appris que tu avais été enceinte… Ah la fausse couche ! Si longtemps après, il a un mot pour elle, alors qu'il aurait pu faire comme s'il avait oublié, d'ailleurs elle ne savait même pas qu'il était au courant, il aurait même pu prétendre qu'il n'en savait rien. Elle tombe des nues, elle balbutie des remerciements, c'est vraiment très gentil de venir lui dire cette petite phrase, personne ne lui dit jamais rien. Il a l'air surpris, il lui dit, ben, qu'il savait, alors il n'allait pas faire semblant de ne pas être au courant. C'est incroyable, elle a envie de lui répondre que c'est pourtant ce que tout le monde fait.

Elle lui dit que ça semble être un sujet un peu tabou. Ah oui ? Il ne savait pas. Et il ne s'arrête pas là, il prend le temps d'une petite conversation, oh pas tellement longtemps, deux minutes peut-être, ils sont après tout dans une pièce bondée, en effusion de salutations, mais ces deux minutes c'est énorme pour Lucile. C'est de l'ordre du miracle pour elle. Ces deux minutes, c'est de la réparation, c'est du réconfort. Deux minutes qui lui confirment aussi que oui, elle a raison de trouver ça injuste d'être murée malgré elle dans ce silence, car oui, tout le monde sait pourtant que c'est normal d'aller dire quelque chose à quelqu'un qui a vécu un coup dur, on le sait tous, c'est comme ça qu'on se soutient, ce n'est pas nouveau. Donc il continue, il lui dit qu'il avait été ravi d'apprendre qu'elle était enceinte et que ça avait dû être très triste, il précise qu'il imagine, parce qu'il ne l'a jamais vécu, enfin un homme ne peut pas le vivre évidemment, ajoute-t-il, mais il n'a jamais traversé ça avec les mères de ses enfants. Il s'est emmêlé un peu, car il doit être confus de ne pas connaître le sujet, c'est important de le souligner, parce qu'il l'a fait malgré tout. Il est allé dire quelque chose, alors que c'est toujours embarrassant et qu'il admet qu'il n'y connaît rien. Il a rassemblé tout ce qu'il savait et qu'il pouvait dire. Il a dit mais je sais que Maman en avait fait une et qu'elle avait été très triste quand c'est arrivé. Elle a eu huit enfants, pourtant elle a été tellement triste que son fils s'en souvient encore, alors Lucile se dit que c'est peut-être normal qu'elle ait été triste aussi pour sa toute première grossesse perdue. Elle répond, ah oui ? C'est vrai que c'est fréquent, une femme sur quatre en vit une dans sa vie apparemment, ce serait dix à quinze pour cent des grossesses. C'est un matheux comme son père, il répond tout de suite, ben oui, on s'y retrouve à peu près, car chez la grand-mère qui a eu huit enfants et une fausse couche, on est entre dix et quinze pour cent. Ce petit effort qu'il a fait pour aller voir Lucile, pour lui dire ces quelques mots, cet échange qui fait exister un instant la douleur ailleurs que dans sa tête et qui lui permet d'en parler un instant, cet effort qui fait qu'elle se sent moins seule, c'est comme un geste, une petite offrande de temps, pour l'aider à aller mieux. Encore les rites... Dans la religion juive, il y a la Shiv'ah, sept jours de deuil ritualisés : on va rendre visite à la famille du défunt qui s'est regroupée dans la maison de celui-ci. Faut y aller à la Shiv'ah, faut aller s'asseoir avec eux, reconnaître la douleur et apporter une présence silencieuse, offrir à manger, il faut faire un petit effort pour soutenir la famille endeuillée! Dans la fausse couche et l'absence de nouvelle grossesse, il n'est pas d'usage de faire ce petit effort : les gens sont peut-être désolés, mais ils ont peur que ce soit gênant, ils n'ont pas le courage de subir le malaise. Alors ils préfèrent nous laisser seuls avec. Ce n'est pas malveillant, certes ils pourraient nous réchauffer le cœur, montrer un peu de chaleur humaine, comme l'oncle de Lucile vient de le faire, mais ils ont peut-être peur que ça fasse des étincelles ou que ça prenne feu, qu'on se mette à pleurer ou je ne sais quelle autre horreur embarrassante. Ils craignent de nous y rappeler, comme si on n'y pensait pas tout seuls. Comme s'ils risquaient de nous remettre ce mauvais souvenir dans la tête, comme si on n'y était pas de toute façon ramenés. C'est une chose que Lucile a apprise tôt en médecine, quand elle était encore étudiante externe, lors d'un de ses premiers stages en psychiatrie, on lui a appris : il faut toujours poser la question des idées suicidaires. Posez-la sans avoir peur, vous n'allez pas leur mettre l'idée dans la tête, ce n'est pas vous qui allez leur donner l'idée. Et plus tard, quand elle était interne en psychiatrie et qu'elle demandait en entretien : « Est-ce que vous avez des idées noires ? », c'était toujours impressionnant de voir combien cette question soulageait les patients. Comme ils se sentaient soudain moins coupables d'avoir ces pensées qu'ils ne pouvaient pas dire, qu'ils ne pouvaient partager avec personne. C'est sûr que ça ouvrait les vannes, souvent ils fondaient en larmes à cette question, quand ils avouaient que oui, ils avaient pensé à la mort, mais ils se sentaient aussi beaucoup moins seuls. Il n'y avait aucun risque à poser la question, si elle était hors sujet, le patient le disait, il ne se sentait pas insulté. De même que si une femme a « bien » vécu sa fausse couche ou n'a pas envie d'en parler, elle peut le dire simplement : non ça va pour moi ou je préfère ne pas en parler, c'est une grande fille, elle peut le dire, pas la peine de devancer, d'imaginer à sa place que ce qu'elle préfère, c'est qu'on n'en parle surtout pas, jamais.

Il n'y a pas non plus de risque d'ouvrir un dossier qu'on n'arriverait plus à refermer. Cette conversation si essentielle pour Lucile a duré seulement deux minutes. Elle n'a pas cherché à la prolonger, elle ne s'est pas dit, tiens celui-là, je peux lui en parler, je ne vais plus le lâcher. Non, ce qui comptait, c'était qu'elle avait soudain le droit d'en parler, et avoir cette possibilité, ça suffisait déjà à rendre la chose moins pesante. Ceux qui évitaient volontairement le sujet avec Lucile, c'était comme s'ils lui interdisaient de leur en parler. Leur silence après sa parole lui signifiait qu'ils ne voulaient pas l'entendre. Avec ceux qui ont bien voulu lui dire juste un mot, elle sait qu'elle a le droit de parler, que ce qu'elle a vécu est bien réel, a existé ailleurs que dans son corps, ils ne lui renvoient pas l'impression que ce qu'elle a vécu est honteux.

Juste un mot, même maladroit, cet effort contre le silence, c'est parfois le seul soutien qui existe, c'est ce que Camille Laurens explique dans *Philippe*, lorsqu'elle raconte la mort de son fils peu de temps après sa naissance : « Il y a ceux qui ont couru le risque d'être banals – et bien sûr ils l'étaient, mais nous aidaient à vivre – [...] ceux qui ne savaient pas quoi dire et qui l'ont dit, ceux qui nous ont offert cela, leur maladresse, leurs bégaiements, leur impuissance accotée à la nôtre, ceux qui nous ont donné ce qu'ils avaient, ce qu'ils étaient. »

Il arrive que Lucile l'évoque juste, comme un repère dans le temps, comme un événement qui a une place dans la chronologie de sa vie : ah non, c'était après la fausse couche, alors ça devait être au printemps, et quand ça se produit, alors qu'elle l'a pourtant dit naturellement, elle remarque qu'on se tend autour d'elle, les gens attendent que ça passe, qu'on s'éloigne de ce sujet dangereux pour pouvoir reparler. Alors elle se sent presque coupable de l'avoir évoqué, juste mentionné, car on dirait qu'elle agresse les autres avec son « événement » qu'on ne doit pas nommer. Une fois, à table avec des amis, on mange une fondue savoyarde, tout le monde demande quand c'était, cette dernière fois où on avait mangé une fondue tous ensemble, c'était où déjà ? Ils cherchent, ils se contredisent, alors Lucile le dit, puisqu'elle s'en souvient très bien, elle : elle dit la date et le lieu, elle se souvient de ce moment heureux, c'était quand elle était enceinte et qu'on avait dû lui prendre un fromage différent, à cause de ces histoires de listériose. C'est comme si elle avait dit une obscénité. Toute la période où elle était enceinte, qui a existé, elle aurait dû l'avoir aussi oubliée ? Pourtant, avant l'arrêt de la grossesse, les deux premiers mois avaient été une si belle période, elle aimerait pouvoir l'évoquer parfois, garder au moins ce doux souvenir. Non, tout ça doit disparaître avec la fausse couche, derrière la chasse d'eau, le tout dans les égouts, le bébé avec l'eau du bain. Tout doit disparaître.

Ou parfois ça va encore plus loin, il arrive que cet événement, ce non-événement plutôt, on ne puisse même pas l'entendre. Qu'il soit rayé des ondes acoustiques.

C'est encore à un enterrement, du côté de sa famille à lui, ça fait bien plus d'un an maintenant. Il y a cette personne qu'on ne connaît pas très bien qui demande : « Alors vous êtes bien en Bretagne ? Vous avez eu un petit bébé ? » Lucile ne sait pas pourquoi elle leur pose cette question du bébé. Est-ce une question posée au hasard ? Comme un rappel à l'évidence de la maternité, cette question que l'on pose souvent sans forcément penser à l'injonction qu'on véhicule ? Ou bien est-ce qu'elle avait appris la grossesse et s'enquiert de la suite ? Quoi qu'il en soit, il répond à la première question : oui, on adore la Bretagne et Lucile répond à la deuxième : non, on a eu une fausse couche. La personne les regarde tous les deux, une seconde d'hésitation, puis elle choisit de ne répondre qu'à lui : « Alors vous adorez là-bas ! Ça vous plaît, c'est bien, ça ! » Lucile ne s'en étonne pas, elle est habituée à ce qu'on n'entende pas la fausse couche, mais sa belle-sœur est témoin de la conversation. Lucile lui avait justement expliqué la veille ce phénomène du silence imposé autour de la fausse couche, la belle-sœur ne savait pas, ça l'a intéressée, et maintenant qu'elle a assisté à la scène, elle remarque cette anomalie, cette phrase qui s'est perdue dans l'espace. Elle a un rire surpris en constatant ce phénomène de ses propres yeux, et elle dit « 1-0 pour la fausse couche ! ». Lucile a un petit rire de soulagement, elle se dit ouf, je ne suis pas folle ou muette, on peut bien l'entendre ma phrase, quand on ne la refuse pas. L'autre ne relève pas la remarque de la belle-sœur, elle continue à parler de la Bretagne.

On pourrait raconter d'autres histoires encore, sur ce silence auquel se heurte Lucile, mais ça finit par être anecdotique peut-être.

Elles paraissent anodines, ces petites histoires, mais elles montrent bien par l'expérience, sans même questionner les raisons, les idéologies, qu'on peut parler d'une grossesse alors qu'on ne peut pas parler d'une fausse couche. Et il faut reconnaître que c'est paradoxal que la seule chose qu'on vous dise lors d'un arrêt naturel de grossesse c'est que c'est normal d'un point de vue médical, puis qu'on vous fasse comprendre que c'est anormal d'un point de vue social. Il y a un hiatus.

Hiatus entre la médecine et ses institutions sociales : la CAF et l'assurance maladie ne voulaient rien entendre de cette fausse couche, ils fêtaient pour Lucile les anniversaires en lui envoyant régulièrement mails et courriers portant ces joyeux intitulés : « Félicitations, vous allez être maman ! », « La naissance de votre enfant », « Votre retour à domicile après accouchement», «L'assurance maladie vous accompagne pour préparer l'arrivée de votre enfant», «Votre famille s'agrandit». Elle n'a jamais reçu le moindre courrier, mail, prospectus ou dépliant sur la fausse couche. L'assurance maladie voulait bien accompagner l'arrivée de son enfant, elle lui proposait «la visite d'une sage-femme pour vous et pour votre bébé», mais elle ne voulait pas accompagner sa fausse couche, elle faisait un déni encore plus puissant que celui qu'elle avait fait le lendemain de l'*évacuation*. Non, elle ne voulait rien entendre. La CAF lui a même fait un virement de 1 000 euros, la prime de naissance. Lucile leur a écrit qu'il y avait erreur, elle n'avait pas donné naissance, sans imaginer que cela serait un tel choc pour eux… Ce non-événement qu'elle avait vécu, une fausse couche que les médecins lui avaient pourtant présentée comme banale et anodine, semblait être tout à fait inédit pour la CAF. Ont suivi d'innombrables échanges et appels pour clarifier la situation : ils n'avaient pas eu son compte rendu médical et ils ne pouvaient pas y croire, à cette fausse couche. Elle n'en avait pas reçu non plus, elle avait eu l'échographie de la sage-femme, et une feuille A4 de son premier passage aux urgences qui concluait «Probable FCS [fausse couche spontanée, pour ceux qui ne connaîtraient pas les acronymes médicaux], expectative et contrôle dans 7 jours», on ne lui avait rien donné lors du second passage, on l'avait juste félicitée d'avoir l'utérus parfaitement vide, mais elle assurait à la dame de la CAF que vraiment, il n'y avait pas de doute, la grossesse s'était bien interrompue puisqu'on était plus de neuf mois plus tard et qu'elle n'avait pas eu d'enfant, elle en était sûre, ils pouvaient reprendre leur prime de naissance. Cela n'était pas possible, il y eut des correspondances infinies avec la messagerie du site qui ne prenait pas en charge les pièces jointes et qui était en maintenance la plupart du temps, on n'avait pas voulu lui donner de mail ou d'adresse pour envoyer l'échographie. Elle ne comprenait pas pourquoi c'était si compliqué, elle avait pensé qu'ils auraient été ravis de son honnêteté : elle voulait simplement les rembourser. Pourquoi lui fallait-il prouver cette fausse couche qui était pourtant un fait incontestable ? Puisqu'elle n'avait pas eu d'enfant ! Elle n'a compris que plus tard ce procès absurde que la CAF lui faisait, les raisons pour lesquelles elle devait montrer les preuves de cette fausse couche, elle n'y aurait jamais pensé...

Hiatus de l'assurance maladie qui a si longtemps continué à la féliciter de sa grossesse alors que la médecine l'avait déjà félicitée de sa totale vacuité utérine.

Hiatus entre ces félicitations reçues et les condoléances attendues. Félicitations de la nature qui fait si bien les choses, de son utérus qui s'est si bien vidé, de cette fausse couche qui est si rassurante malgré le choc de l'annonce, de sa fertilité qui a si bien fait ses preuves...

Hiatus entre les sentiments ressentis et ceux qu'on lui a expliqué devoir ressentir.

C'est difficile de savoir ce que l'on ressent quand on est devancé de partout : ce serait une expérience banale d'après les médecins, finalement pas grand-chose, ce serait positif d'après ceux qui ont dit quelque chose, ce ne serait rien du tout pour tous les autres.

Lucile l'a bien senti chaque fois qu'elle a été confrontée à une attitude en accord avec ce qu'elle avait réellement éprouvé dans cette fausse couche : le trouble se dissipe alors et c'est la tristesse qui la submerge. Une vague qui remonte d'on ne sait où. Tout a pourtant été bien fait pour endiguer ces émotions-là, mais elles sont puissantes : elles peuvent déborder comme le lait sur le feu. Il suffit d'une étincelle, une phrase.

L'amie qui dit « Et là, la question de ce qu'on en fait se pose… » : fissure dans la digue, le lait qui s'infiltre sous le couvercle. Quelle question ? On l'avait pourtant bien éludée cette question en affirmant qu'il n'y aurait rien d'autre que des grosses règles.

La réaction de son père aussi quand il l'a revue pour la première fois après sa fausse couche. Il lui demande comment ça va depuis. Ils n'en avaient pas parlé ensemble, c'est sa mère qui s'occupe du téléphone et de l'émotionnel, alors elle ne s'attendait pas à cette question. Il y avait déjà deux mois qu'elle avait perdu sa grossesse et elle s'était habituée à la réaction consacrée : faire comme si rien n'était arrivé et éviter d'en parler. Il dit qu'ils ont été très tristes d'apprendre cette nouvelle avec sa mère, qu'il a été très triste. Elle ne l'avait jamais entendu dire ça, qu'il avait été triste. Il avait pu dire d'une situation qu'elle était triste, mais pas qu'elle l'avait rendu triste. Alors quand Lucile entend ces mots, la tristesse gardée à distance l'inonde brusquement, elle ne sait pas d'où elle surgit. Ça lui fend le cœur comme ça lui avait fendu le cœur de perdre cette grossesse. Elle a visiblement été très triste aussi, mais ça la surprend tellement qu'elle dit que ça va bien. Elle répète les phrases vides de sens qu'on lui a apprises pour passer à autre chose.

Encore un hiatus.

Ce n'est pas facile d'identifier tous ces hiatus au milieu du trouble et de la confusion. Pas évident d'y voir clair, de remettre de l'ordre là-dedans.

Longtemps après la fausse couche, plus d'un an après, elle essaye quelque chose.

Il n'est pas médecin ni psychologue, il a une longue formation et expérience de l'hypnose, mais c'est d'abord un musicien professionnel. Il a une posture différente. Lucile et lui parlent un peu, pas si longtemps, un petit échange, juste le temps de comprendre qu'il a déjà pris en charge des femmes ayant vécu des fausses couches ou des avortements et qui avaient des difficultés à retomber enceintes par la suite. D'après ce qu'il en a compris, la difficulté pour les femmes qui traversent ces arrêts de grossesse, volontaires ou non, c'est que l'événement est minimisé et banalisé par les médecins et qu'il n'y a pas d'espace pour ce deuil, qu'il n'y a pas de rituels, peut-être dans d'autres civilisations plus « archaïques », mais pas chez nous : c'est toujours compliqué la mort dans notre société. Il dit aussi que ça peut se comprendre d'un point de vue féministe : donner de l'importance à un embryon mort, cela pourrait apparemment paraître contradictoire avec le droit à l'IVG. Il cherche à voir comment elle se situe par rapport à ces idées, quelles étaient ses représentations de cet embryon mort avant de naître, puis lui propose d'essayer de laisser quand même une petite place à celui qui n'est pas né, pour faire en sorte qu'il ne prenne pas toute la place afin de permettre l'arrivée d'une nouvelle grossesse. Il lui dit « Ça peut paraître un peu perché comme ça », mais de son expérience ça a été bénéfique, alors si elle est d'accord – sinon on trouvera autre chose – il lui propose une sorte de rituel pour aller à sa rencontre, l'occasion d'échanger un peu avec cet enfant imaginé qu'elle n'a pas rencontré. Elle dit d'accord, elle sait d'un point de vue théorique que c'est ce qui lui a manqué, mais de là à inventer un rituel, elle ne sait pas : elle espère que ce sera lui qui guidera tout. Bien sûr, ce n'est pas un rituel avec de l'encens, des incantations, des gestes, ce n'est pas non plus lui qui décide de ce qui se passe et de l'extérieur, on pourrait croire qu'il ne se passe rien du tout. C'est un voyage intérieur vers ces émotions qui n'ont jamais pu véritablement s'exprimer. Il serait vain de raconter ici, avec des mots, ce qu'elle a pu lui dire en elle dans un lieu où elle avait lâché toute rationalité, dans un état où elle a pu reconnaître cette gigantesque angoisse d'avoir abandonné malgré elle son enfant, la peur qu'il soit seul quelque part, qu'il ne sache pas, elle n'a jamais pu lui dire, jamais pu lui expliquer. Elle avait un prénom pour lui, ils avaient un prénom, un si beau prénom qu'elle voulait le garder pour un prochain, pour un « vrai » enfant, elle ne voulait pas gâcher ce prénom si important pour lui qui n'était rien. Elle le lui a donné là-bas, elle avait honte face à lui de n'avoir pas même voulu lui laisser son prénom, d'avoir tout repris, son prénom, son amour, quand on lui a dit qu'il n'existait pas. Après cette séance, elle s'est souvenue qu'elle lui avait souvent parlé en elle, pendant ces trois mois de grossesse. Elle s'est remémoré ces deux premiers mois, qui avaient été si heureux. Je n'ai rien écrit là-dessus, rien dit de ces deux mois qui avaient été si beaux, il ne restait que la fin, la douleur, comme si toute cette histoire n'avait été que souffrance. Elle est restée un peu à se souvenir, comme on se rappelle une personne qu'on a aimée. À se souvenir aussi d'eux deux qui avaient failli devenir parents, de lui qui était presque devenu père.

Elle lui a raconté le soir, il lui a dit que quand son propre père était mort, si violemment qu'il avait été incapable de le pleurer, la seule chose qui lui permettait alors de ressentir quelque chose ce n'était pas de penser à cette fin terrible et brutale, impensable, c'était de l'imaginer quelques jours avant, l'aidant à faire ses devoirs, lui préparant son petit déjeuner, le grondant d'embêter sa sœur, dans ce quotidien qu'on ne remarque pas. C'était penser à leurs vies d'avant qui le touchait, pas de penser à l'horreur du suicide qui efface tout. Mais dans cette fausse couche, la brutalité de la fin leur avait justement fait effacer ce quotidien merveilleux qu'ils avaient pu vivre ensemble, tous les trois, quelques semaines dans un autre monde. De ce drame-là, on pouvait aussi se souvenir de quelque chose d'heureux.

Elle aurait besoin de ne pas oublier complètement cette première grossesse, mais là aussi il y a un hiatus, avec le malaise qu'elle semble provoquer chez les autres.

On n'évoque pas une grossesse qui s'est terminée en fausse couche.

Une fois seulement, elle a été témoin d'une autre fausse couche qui s'est imposée dans la conversation quand on ne l'attendait pas, parce que c'est parfois compliqué d'effacer des éléments quand on raconte une histoire.

C'était un déjeuner avec un couple d'amis médecins, deux saisons après sa fausse couche, en automne. Ces amis proches ont déjà un enfant. La femme raconte une histoire, comment elle est retombée par hasard à l'hôpital sur une ancienne camarade de médecine qui travaille ici aussi maintenant. Pour continuer elle doit dire quelque chose d'autre, alors elle se tourne vers lui (le père de son premier enfant) et elle lui demande : «Je peux le dire?» Littéralement, elle lui demande si elle a le droit de le dire. Il a un petit rire gêné, il dit «Ben oui, tu fais comme tu veux», alors elle continue : «Parce qu'en fait j'ai fait une petite fausse couche, et donc c'est elle qui m'a fait l'écho, quand j'ai commencé à m'inquiéter d'avoir des petits saignements. Je suis tombée sur elle à l'hôpital, je ne savais pas qu'elle y travaillait. Et comme j'étais inquiète des saignements, je lui ai demandé, tu ne veux pas me faire une écho, pour vérifier que tout va bien?» On dit ah bon, on est désolés, on ne savait pas. Lucile demande si ça va, ça n'a pas été trop dur? C'était quand? Elle dit non, non, ça va, c'était à la rentrée, c'est fini. On n'insiste pas. Et elle conclut : «C'était tout petit de toute façon.»

Lucile connaît bien ces raisonnements, il lui arrive de réaliser qu'elle les a incorporées aussi malgré elle, ces logiques de médecins. Ne pas trop s'émouvoir des sales coups que peut nous faire le corps. Les maladies, la mort, la tristesse, on connaît, on s'est blindé. C'est presque impossible de rester sensible, quand on est médecin. Et dans le fond, la véritable raison pour laquelle Lucile n'a pas voulu continuer à être médecin, c'est celle-là. C'est parce que, petit à petit, malgré elle, ça tuait ce qu'elle avait de plus précieux, ça tuait sa sensibilité alors qu'elle voulait la garder, c'est peut-être égoïste, mais elle en avait trop besoin pour vivre. Certains arrivent à faire les deux, être artiste et médecin, chapeau bas, je ne sais pas comment ils font.

C'est parce que je n'ai pas continué à devenir médecin que je peux écrire ces mots. C'est parce que je suis de moins en moins Lucile que je peux regarder sa fausse couche d'un autre œil. Dans la culture médicale, on est médecin à vie, et tout le temps. Le discours d'accueil au début de l'internat, ça m'avait frappée, portait là-dessus. Ça disait qu'on serait médecin à vie, tout le temps, toujours, même en vacances, même à la retraite. Médecin ce n'est pas seulement un travail, c'est une identité. Dans le discours d'accueil, ils ont parlé d'une histoire d'obligation de porter assistance qui serait plus importante et immuable chez les médecins, ça disait qu'on pouvait aller en prison. Et même après avoir quitté la médecine, je n'ai pas pu me défaire d'une certaine loyauté envers les médecins, par culpabilité de les avoir abandonnés peut-être. Je n'osais pas trop critiquer leurs pratiques, même lorsqu'un journaliste orientait ses questions en ce sens. Parce qu'il y a cette confraternité obligatoire, que Martin Winckler décrit parfois dans *Le chœur des femmes*, comme une sorte de complicité criminelle qu'il refuse. On ne quitte pas le clan des médecins si facilement, on ne se défait pas si simplement de certaines idées, d'une solidarité mal placée, ce n'est pas évident de quitter la caste. C'est en m'en éloignant que je peux trouver ma propre voix, que je peux arrêter de me cacher derrière Lucile, c'est moi qui parle maintenant.

II

La littérature est l'analyse postérieure à l'événement.

DORIS LESSING,
Le carnet d'or

Les femmes de lettres n'ont peut-être jamais écrit sur la fausse couche, car elles n'en ont peut-être jamais vécu, je ne sais pas. Mais ce sont des femmes, et dans les textes des femmes, même dans ceux qui sont essentiels, je lis souvent cette hésitation à écrire, cette réticence, ce besoin de se justifier, d'anticiper la critique : est-ce de la littérature ? Est-ce bien nécessaire ? Intéressant ?

Peut-être même que cette réticence est encore plus marquée pour les sujets dits « féminins » ? Marie Darrieussecq notait dans *Le bébé* que celui-ci était « l'objet le plus mineur qui soit pour la littérature. Laissé aux femmes, donc – "baby" est leur petit nom – et celles qui entendent écrire vraiment se tiennent prudemment à distance ».

Je remercie Annie Ernaux d'avoir écrit *L'événement*, car quand j'ai cherché de la littérature pour mettre des mots sur ce que j'ai vécu, c'est le livre qui s'en est le plus rapproché. Aussi paradoxal que cela puisse paraître puisqu'elle y raconte son avortement clandestin, son désespoir de ne pas avoir de moyen pratique pour se séparer de cette vie qui se développe malgré elle, alors que je cherchais à lire sur un embryon qu'on aurait à l'inverse voulu voir vivre et qui nous échappe. Il y a dans la description corporelle de ce qu'elle a vécu des mots que je n'ai lus nulle part ailleurs, auxquels j'ai pu m'identifier et avec lesquels j'ai pu me sentir moins seule, moins folle.

On a besoin de lire ce qu'il nous arrive dans des histoires pour mieux affronter ces épreuves, Annie Ernaux l'avait justement dit dans son premier roman, quand elle évoquait ce même avortement dans *Les armoires vides* en 1974. «Les bouquins sont muets là-dessus.» C'était vingt-six ans avant qu'elle publie *L'événement*, et elle parlait alors du vide narratif dans lequel elle s'était trouvée (le même que j'ai expérimenté pour ma fausse couche en janvier 2021) : «Il n'y a rien pour moi là-dedans sur ma situation, pas un passage pour décrire ce que je sens maintenant, m'aider à passer mes sales moments.» Il n'y a que le dictionnaire médical emprunté à la voisine «bourré de détails atroces, de sous-entendus sinistres», dans son cas aussi, les mots de la médecine sont les seuls qu'on trouve. Pas de ceux qu'on aurait envie d'entendre pourtant. Évacuation, expulsion, pas viable, déchets anatomiques, débris, vacuité utérine... J'ai trouvé des mots pour moi dans *L'événement* puisqu'elle y décrit ce qui lui «apparaît comme une expérience humaine totale, de la vie et de la mort, du temps, de la morale et de l'interdit, de la loi, une expérience vécue d'un bout à l'autre au travers du corps». Elle ne parlait pas d'une «bonne nouvelle» pour la fertilité, ni de fréquence ou de taille de l'embryon, mais d'avoir «accouché d'une vie et d'une mort en même temps», de se sentir «pour la première fois, prise dans une chaîne de femmes par où passaient les générations ».

On m'a surtout encouragée à effacer ma fausse couche, à la considérer comme un incident de parcours alors que je l'avais vécue comme un événement fort et marquant ; je ne voyais pas en elle une simple grossesse ratée mais une aventure initiatique et c'est aussi ce qu'Annie Ernaux conclut : « Je sais aujourd'hui qu'il me fallait cette épreuve et ce sacrifice pour désirer avoir des enfants. Pour accepter cette violence de la reproduction dans mon corps et devenir à mon tour lieu de passage des générations. »

Elle avoue avoir « tourné autour de cet événement » pendant des années. Elle a aussi voulu anticiper et devancer dans son texte les critiques qu'elle risquait : « (Il se peut qu'un tel récit provoque de l'irritation, ou de la répulsion, soit taxé de mauvais goût. D'avoir vécu une chose, quelle qu'elle soit, donne le droit imprescriptible de l'écrire. Il n'y a pas de vérité inférieure. Et si je ne vais pas au bout de la relation de cette expérience, je contribue à obscurcir la réalité des femmes et je me range du côté de la domination masculine du monde.) »

Et Simone de Beauvoir, qu'écrit-elle dans l'introduction du *Deuxième sexe* ? Qu'écrit-elle, en 1949, quand elle s'apprête à partager avec le monde un livre qui va devenir une référence du féminisme ? Quels sont ses tout premiers mots ? « J'ai longtemps hésité à écrire un livre sur la femme. Le sujet est irritant, surtout pour les femmes ; et il n'est pas neuf. La querelle du féminisme a fait couler assez d'encre, à présent elle est à peu près close : n'en parlons plus. On en parle encore cependant. Et il ne semble pas que les volumineuses sottises débitées pendant ce dernier siècle aient beaucoup éclairé le problème. D'ailleurs y a-t-il un problème ?»

Alors quand je lis ces mots, ces hésitations, ces justifications, cette crainte de toucher à un sujet «irritant», chez ces femmes qui ont écrit des livres d'une importance incontestable, quand je lis qu'elles ont pu se demander si c'était vraiment de la littérature, si ça valait la peine de l'écrire, je ne suis pas étonnée qu'aucune femme de lettres n'ait jamais osé écrire sur un sujet si banal, si fréquent, si bassement féminin, si caché.

Les femmes n'ont pas raconté leurs fausses couches dans leurs livres et les médecins ne s'y sont pas intéressés. Les médecins apprennent à réparer, à guérir, pas à s'occuper de quelque chose qui est déjà mort, pour lequel ils ne peuvent plus rien. Les fausses couches font partie de la vie, je ne cherche pas à les éradiquer, il y en aura toujours puisque cet arrêt naturel de grossesse serait la plupart du temps dû à un embryon porteur d'une anomalie chromosomique. Mais ces fausses couches qui font pourtant partie de la vie, elles n'existent nulle part. Elles sont tues, elles ne sont que silence.

Anne Akrich soulignait, dans *Le sexe des femmes,* au sein des «chapitres indicibles de l'expérience féminine», l'encadrement strict du discours autour de la maternité. «Du désir d'enfant aux premiers mois d'un nourrisson, en passant par la grossesse et l'accouchement, on ne peut rien dire. Rien dire de "vrai". Un secret tacite plane sur cette expérience comme si le dévoilement de la vérité était tout simplement susceptible d'interrompre le cycle de la vie.» Est-ce la raison pour laquelle un arrêt naturel de grossesse est appelé une *fausse* couche ? Comme si ce n'était pas vrai, comme s'il n'y avait pas d'arrêt naturel de grossesse dans la vraie maternité. Celle-ci est entourée, d'après Anne Akrich, d'un « périmètre de sécurité de récit ».

Heureusement ce silence dans lequel je m'étais retrouvée lors de ma fausse couche commence à se dissiper. En janvier 2021, je n'avais alors repéré qu'un roman à me mettre sous la dent, *Donne-moi des fils ou je meurs* de Maud Jan-Ailleret, mais il faut plus d'un livre pour trouver des mots qui nous correspondent. Comme s'il n'existait qu'une seule histoire d'amour et qu'on devait tous s'en contenter, qu'elle nous plaise ou non...

En mai 2021 est sorti un essai éclairant, *Trois mois sous silence,* dans lequel Judith Aquien analysait le tabou de la condition des femmes en début de grossesse et consacrait une partie à la fausse couche. Enfin un livre abordant la maternité au-delà de sa surface brillante et des joyeux poncifs, loin du discours infantilisant consacré : elle y dénonce l'absence de prise en charge – RH, médicale, psychologique – du premier trimestre de la grossesse qu'il faut dissimuler malgré le chamboulement corporel et psychique qu'il induit, les nombreux symptômes communément appelés « les petits maux de la grossesse », les fausses couches... Elle analyse différents livres sur la grossesse et constate que même dans les plus sérieux, rédigés par des médecins, « ces maux sont regroupés dans des chapitres assez courts, tous intitulés (avec des variations) par des périphrases mignonnettes [...] : "Les petites misères de la grossesse", "Petits désagréments de grossesse", "Les petits bobos de la grossesse", et tout à l'avenant».

Puis, en septembre 2021, la philosophe Camille Froidevaux-Metterie a consacré quelques pages à la fausse couche dans son essai *Un corps à soi.* «Fréquente au point d'être banale, la fin prématurée de la grossesse durant son premier trimestre est totalement invisibilisée : tout concourt à ce qu'elle se vive dans le silence et la dissimulation.»

Il me semble que lorsque les couples «décident» de dissimuler le premier trimestre de la grossesse et donc leurs potentielles fausses couches, au-delà de toutes les difficultés pratiques que cela engendre pour la femme (ne rien laisser paraître de la fatigue, des nausées et autres maux, devoir déguiser l'arrêt de l'alcool et les autres impératifs alimentaires...), cela participe aussi à ériger l'enfantement comme une évidence, ce fameux «couronnement supposé d'une vie de femme», comme le nomme Camille Froidevaux-Metterie. Derrière cette habitude culturelle de ne pas parler de sa grossesse avant qu'elle soit confirmée par l'échographie du troisième mois, il y a peut-être l'idée qu'il vaut mieux, pour une femme, que l'on pense d'elle qu'elle n'essaye pas d'avoir un enfant, qu'elle ne veut pas d'enfant peut-être (alors même que celles qui font ce choix témoignent du fait qu'elles doivent s'en justifier en permanence), plutôt que l'on sache qu'elle a échoué à cette entreprise. Ce silence perpétue la représentation de l'infertilité comme un échec absolu et de la fausse couche comme une honte inavouable. Cependant, il est évident que ces «trois mois sous silence» sont plus aveuglément reproduits que véritablement questionnés, alors même que ce secret est toujours présenté comme un «choix» personnel. Il arrive même qu'un couple ayant décidé de ne pas parler de sa grossesse annonce finalement une fausse couche trois mois plus tard, en quête de soutien, preuve que la raison de la dissimulation du premier trimestre n'avait pas forcément été pensée.

Le même mois qu'*Un corps à soi*, en septembre 2021, est sortie la bande dessinée de Mathilde Lemiesle, *Mes presques riens*, aboutissement de l'énorme travail sur la fausse couche qu'elle postait régulièrement sur Instagram. C'était la première fois que je lisais un ouvrage consacré à la fausse couche : des mois après la mienne, la lecture était salvatrice.

Si je précise ces dates et ce déroulé, c'est qu'il semble que la parole sur la fausse couche cherche actuellement à sortir de l'entre-soi féminin, comme la parole sur la maternité avait commencé à se libérer sur les réseaux avec le hashtag #monpostpartum qui s'était prolongé par un livre en janvier 2021, *Ceci est notre post-partum*, par une des fondatrices de ce mouvement, Illana Weizman. Il faut du bruit sur les réseaux, depuis tout en bas, pour arriver à faire entendre des voix dans un livre. Le compte Instagram de Mathilde Lemiesle était suivi par des milliers de personnes et alimenté depuis plusieurs années avant de devenir une bande dessinée. Après la bande dessinée, il y aura peut-être de la littérature et un jour peut-être même des mesures publiques et un changement social? En 2017, plusieurs livres ont levé le tabou sur les règles (toujours cette logique de réappropriation de leur corps par les femmes, ce que Camille Froidevaux-Metterie a nommé le « tournant génital du féminisme ») et c'est ce qui a permis une campagne sur l'endométriose et le débat sur la précarité menstruelle.

En février 2022, la journaliste Sandra Lorenzo publiait *Une fausse couche comme les autres*, dans lequel elle mêlait son témoignage à celui d'autres femmes; en mars 2022, Line Papin racontait sa fausse couche et son IVG dans *Une vie possible*.

On ne tombe pas sur ces livres par hasard, et je ne les aurais jamais lus si je n'avais pas été concernée par la fausse couche. Il n'y a pas de classique du genre, rien sur la fausse couche qu'on aurait étudié à l'école.

En fait, il y avait bien une fausse couche dans un livre choisi pour mon bac de français : *Les liaisons dangereuses* de Choderlos de Laclos, au programme du genre épistolaire en 2007. C'est sans doute l'épisode le plus cryptique et le plus mineur de tout le livre : il faut déjà comprendre qu'il s'agit d'une fausse couche, je ne me souviens d'ailleurs pas de l'avoir relevé à l'époque de ma première et je ne crois pas qu'on en ait parlé en classe.

Dans la lettre CXL, le vicomte de Valmont, qui a séduit et corrompu la jeune et naïve Cécile Volanges, est tranquillement au lit avec celle-ci quand il entend un bruit, il se lève un instant pour s'assurer qu'il n'y a personne puis revient, et c'est là que Cécile fait sa fausse couche : « En allant rejoindre ma timide compagne pour la tranquilliser, je ne l'ai plus trouvée dans son lit; elle était tombée, ou s'était sauvée dans sa ruelle : enfin, elle y était étendue sans connaissance, et sans autre mouvement que d'assez fortes convulsions. Jugez de mon embarras! Je parvins pourtant à la remettre dans son lit, et même à la faire revenir; mais elle s'était blessée dans sa chute, et elle ne tarda pas à en ressentir les effets.

» Des maux de reins, de violentes coliques, des symptômes moins équivoques encore, m'ont eu bientôt éclairé sur son état : mais pour le lui apprendre, il a fallu lui dire d'abord celui où elle était auparavant; car elle ne s'en doutait pas. Jamais peut-être, jusqu'à elle, on n'avait conservé tant d'innocence, en faisant si bien tout ce qu'il fallait pour s'en défaire! Oh! celle-là ne perd pas son temps à réfléchir!»

La pauvre Cécile ne sait même pas ce qu'il lui arrive, elle ne savait d'ailleurs pas qu'elle était enceinte, heureusement que le vicomte est là pour lui expliquer! La réponse de Mme de Merteuil est une longue lettre de plusieurs pages dans laquelle cette fausse couche tient une place encore plus minuscule – de l'ordre de l'anecdote – à la toute fin : «À propos, je vous remercie de vos détails sur la petite Volanges; c'est un article à réserver jusqu'au lendemain du mariage, pour la gazette de médisance. En attendant, je vous fais mon compliment de condoléances sur la perte de votre postérité. Bonsoir, Vicomte.»

Je crois que c'est l'unique description de fausse couche que j'ai lue en littérature. Elle a quand même le mérite de montrer que les fausses couches existent, même si le rôle de celle-ci dans l'intrigue reste à mes yeux assez flou. Est-ce pour montrer la cruauté de Mme de Merteuil et l'indifférence du vicomte de Valmont? Souligner encore une fois la naïveté et la candeur de Cécile Volanges?

On est au XVIIIe siècle, elle a passé sa vie dans l'ignorance d'un couvent et on peut donc comprendre la situation. Quoi qu'il en soit, cette fausse couche survient au moment opportun pour Cécile puisqu'elle lui évite l'embarras d'une grossesse illégitime dont elle n'avait pas conscience.

C'est assez curieux que le seul film dans lequel je me rappelle avoir vu une fausse couche suive un schéma semblable. C'est un film de notre époque cette fois, *Two Lovers* de James Gray, dans lequel Joaquin Phoenix fréquente une femme de sa communauté juive ashkénaze que lui ont présentée ses parents, mais est amoureux de sa voisine délurée Gwyneth Paltrow, elle-même dans une relation compliquée avec un homme marié. Celle-ci se plaint, depuis le début du film et sur plusieurs semaines, de malaises étranges. Finalement elle appelle Joaquin une nuit pour qu'il l'emmène aux urgences, elle est décontenancée et lui dit perdre beaucoup de sang. À l'hôpital, un médecin leur apprend qu'elle a fait une fausse couche. On comprend alors qu'elle était enceinte, d'où les malaises et la sensation d'être malade. Grâce à cette fausse couche, elle décide de quitter l'homme marié qui n'a pas été présent et de tenter sa chance avec Joaquin Phoenix qui est donc ravi. La fausse couche en elle-même n'a pas l'air de trop la perturber puisqu'elle ignorait sa grossesse, ici aussi elle tombe plutôt à pic. Les rares fausses couches qu'on peut lire ou voir touchent donc des femmes qui n'avaient apparemment pas envie d'avoir un enfant… C'est une sorte de contraception providentielle pour les ignorantes et les irresponsables. En creusant ma mémoire à la recherche d'autres films qui auraient évoqué une fausse couche, j'en ai trouvé un, évident : *Le Parrain 2*[1].

1. *Le Parrain, 2e partie*, 1974, Francis Ford Coppola.

Al Pacino est devenu le Parrain depuis la fin du *Parrain 1* et il y perd sa morale. Sa femme Kay en souffre : elle ne reconnaît plus l'homme doux qu'elle aimait. Elle fait une fausse couche et leur couple bat de l'aile. Ici le film montre tout de même qu'une fausse couche n'est pas anodine : Al Pacino est très affecté par la perte de cette grossesse qu'il attribue aux événements stressants qu'il fait vivre à sa famille (des fusillades dans leur maison). Il promet donc à Kay qu'il va «se rattraper» et «changer» quand elle lui annonce vouloir le quitter.

Je m'en souviens bien, car c'est une scène d'anthologie, on peut la trouver sur internet facilement et quand on la regarde plusieurs fois elle finit presque par être drôle tant elle est bien jouée et tant le gouffre entre Kay et le Parrain est immense. Al Pacino se pense au début fin psychologue : «*I know you blame me for losing the baby. Yes*[1]», il continue d'une voix posée à la rassurer, «*I've learned that I have the strength to change. And you'll forget about this miscarriage, and we'll have another child, and we'll go on. You and I*[2]». Il répète ça pendant que la pauvre Kay est atterrée, piégée dans ce mariage et, exaspérée, au bout du rouleau, elle lâche : «*Oh Michael... Michael, you are blind. It wasn't a miscarriage... It was an abortion!*[3]» Ensuite elle continue, en hurlant «*It was an abortion!*», elle dit tout ce qu'elle pense de lui et de leur mariage

1. Je sais que tu me tiens responsable pour la perte du bébé. Oui.

2. J'ai appris que j'avais la force de changer. Et tu vas oublier cette fausse couche, et on va avoir un autre enfant, et on va continuer. Toi et moi.

3. Oh Michael... Michael, tu es aveugle. Ce n'était pas une fausse couche... C'était un avortement!

qui est lui-même «*an abortion*», «*something that's unholy*[1]»,
pendant qu'Al Pacino se livre à un exercice d'exorbitation impressionnant, jusqu'à ce qu'il décide de la faire taire par une claque.

Ici la fausse couche n'est donc pas providentielle, elle est carrément intentionnelle : ce n'est pas une fausse couche, c'est un avortement. Quand il y a une fausse couche au cinéma, dans une scène d'anthologie, c'est une *fausse* fausse couche en fait.

Peut-être qu'on s'étonnera un jour de l'absence totale de *vraies* fausses couches dans les livres et dans les films, on s'étonnera d'avoir ainsi effacé l'existence d'une expérience féminine pourtant si fréquente. On s'étonnera d'avoir ainsi pu laisser les femmes dans la méconnaissance d'un événement biologique naturel bien connu. On est choqué aujourd'hui par l'ignorance dans laquelle était laissée Cécile Volanges au XVIIIe – toute sa vie dans un couvent, même pas consciente de sa propre grossesse, ni de sa fausse couche, il lui faut un homme pour lui expliquer – et on sera un jour choqué quand on pensera à notre époque où les filles, qui ne grandissent pourtant plus dans des couvents, arrivent à l'âge adulte sans jamais avoir croisé, même virtuellement, une fausse couche. Qu'elles doivent toujours en faire la découverte seules, comme une découverte jamais expérimentée avant, jamais partagée. On ne comprendra pas comment on a pu mettre en place une idéologie de la maternité qui forçait les femmes à taire leur grossesse pendant les mois les plus difficiles et à nier leurs fausses couches.

1. Quelque chose qui est impie.

On sait pourtant que ça existe, mais comment imaginer ce qui est systématiquement caché ? « C'était tellement attendu et inconcevable, ce cadavre couché sur le lit à la place de Maman », dit Simone de Beauvoir de la fin de vie de sa mère âgée dans *Une mort très douce*. Et c'est tellement attendu et inconcevable, un embryon mort dans le ventre à la place de son enfant.

Je savais d'un point de vue théorique que ça existait, mais où est-ce que je l'aurais vu ? Dans quel film ou dans quel livre ?

Quand j'ai lu *Le carnet d'or* de Doris Lessing, j'ai été surprise d'y lire une description détaillée des menstruations de la narratrice sur plus de quarante pages. J'étais étonnée parce que, bien qu'étant un événement naturel et ordinaire de la vie des femmes, on ne suspecte jamais les règles en littérature : comme la fausse couche, ça n'existe pas. D'ailleurs la narratrice (une écrivaine qui se questionne sur la vérité en écriture) explique que cette incursion des règles dans son récit est accidentelle : elle avait simplement décidé de retranscrire l'intégralité de sa journée, avec tout ce qu'elle ressentait, pour voir si elle se racontait des histoires avec sa vie, et la journée choisie tombe le jour de l'arrivée de ses menstruations. « (Je me suis demandé s'il ne serait pas préférable de choisir un autre jour pour écrire tout ce que je ressens ; mais j'ai décidé de continuer. Ce n'était pas prévu ; j'avais oublié mes règles. J'ai décidé que le sentiment instinctif de honte et de pudeur était malhonnête : pas une émotion d'écrivain.) »

Il aurait peut-être fallu, pour qu'on trouve aujourd'hui une *vraie* fausse couche dans un classique, qu'une grossesse se soit interrompue fortuitement pendant la journée qu'une Prix Nobel de littérature aurait décidé de retranscrire dans le détail, et il aurait aussi fallu que celle-ci décide de surmonter le sentiment instinctif de honte et de pudeur qu'elle ressentait.

En septembre 2022 (peut-être sous l'influence de cette parole qui commence à se libérer ?) est sorti le très attendu *Blonde*, biopic romancé sur Marilyn Monroe, dont la vie a été marquée par plusieurs fausses couches et un désir de maternité inassouvi. Le film met aussi en scène deux avortements, dont un forcé, qui ne seraient, eux, ni certains ni officiels. Quoi qu'il en soit, *Blonde* a été pris au cœur d'une polémique, accusé d'être antiavortement, à cause de scènes où le fœtus de Marilyn Monroe était reconstitué en images de synthèse et s'adressait à elle. (On avait bien compris que c'était Marilyn qui se parlait à elle-même, que c'était une mise en scène de ses peurs, car on sait que les fœtus ne parlent pas.) Le planning familial américain a accusé le film de désinformation à cause de ces images de synthèse dans lesquelles le fœtus avait l'air plus formé qu'il ne devrait l'être, et déploré que les créateurs de *Blonde* « aient choisi de contribuer à la propagande antiavortement ». Le film contribuerait à « renforcer la désinformation et perpétuer la stigmatisation autour des soins de santé sexuelle et reproductive » à cause de cette « description médicalement inexacte des fœtus ».

Le réalisateur s'est défendu de cette polémique en arguant que la scène avait été mal comprise : « Ce que le film dit, c'est qu'elle ne voit pas la réalité. Elle voit ses propres peurs et désirs projetés sur le monde qui l'entoure. »

Sans doute que chacun interprète avec ses propres filtres et obsessions, mais j'avais trouvé plutôt positif et bienvenu qu'un film s'intéresse à la fausse couche, montre la détresse qu'elle peut induire chez une femme, je ne l'avais jamais vue tenir un rôle si important dans un long-métrage. Ce n'est pourtant pas ce qui a été remarqué : on a plutôt polémiqué sur le caractère antiavortement de *Blonde*.

Je n'aurais pas pu imaginer que ce film soit interprété de la sorte, sans doute parce je ne saisis pas toujours les liens souterrains entre fausse couche et avortement.

Par exemple, il semblerait que la reconnaissance d'une possible douleur de la fausse couche remette en cause le droit à l'avortement. Il s'agirait de vases communicants : donner de l'importance à la fausse couche, ce serait en enlever à l'IVG.

Il faut toujours préciser qu'on ne remet évidemment pas en question l'IVG quand on veut aborder la fausse couche : l'hypnothérapeute l'avait bien expliqué, l'absence d'espace pour le deuil était ce qui rendait les arrêts de grossesse (volontaires ou non) compliqués. Il avait dit « c'est toujours compliqué la mort dans notre société » et il avait ajouté qu'on pouvait aussi le comprendre d'un point de vue féministe : donner de l'importance à un embryon mort, cela pourrait apparemment paraître contradictoire avec le droit à l'IVG.

Je ne l'avais pas interrompu, mais il me semblait que ça n'avait rien d'un « point de vue féministe », et sur ce point précis j'aimerais ici rappeler que Simone Veil n'avait pas cherché, dans son argumentaire pour faire voter le droit à l'IVG, à le minimiser (« Je le dis avec toute ma conviction :

l'avortement doit rester l'exception, l'ultime recours pour des situations sans issue. [...] aucune femme ne recourt de gaieté de cœur à l'avortement. Il suffit d'écouter les femmes. C'est toujours un drame et cela restera toujours un drame»). Mais ce qui lui a permis de faire voter la loi, c'était justement d'avoir sorti le débat de ce nœud inextricable où se cristallisent toujours les divergences autour de convictions intimes, et de parler plutôt d'une nécessité de santé publique : les femmes ont toujours avorté et le feront toujours, il est donc indispensable d'encadrer légalement cette évidence et de les accompagner plutôt que de risquer des vies dans les conditions insalubres où ont parfois lieu les interruptions de grossesse illégales. Quant à situer le début de la vie, la création de «l'âme», il est certain que personne ne peut en affirmer la date universelle : Simone de Beauvoir a montré dans le premier tome du *Deuxième sexe* que les civilisations ont souvent changé de point de vue à ce sujet (le droit romain par exemple ne «considérait pas le *nasciturus* comme un être humain mais comme une partie du corps maternel»), passant même par une époque où l'on considérait une différence de date d'insufflation de l'âme entre les hommes et les femmes : «Cependant une question se pose qui fut l'objet de discussions infinies : à quel moment l'âme pénètre-t-elle dans le corps? Saint Thomas et la plupart des auteurs fixèrent l'animation vers le quarantième jour pour les enfants de sexe masculin et le quatre-vingtième pour ceux du sexe féminin; alors se fit une distinction entre le fœtus animé et le fœtus inanimé.»

La meilleure façon de lutter contre la «propagande antiavortement» est donc de ramener le débat sur le domaine, objectif, de la santé publique. Si l'avortement est légal c'est parce qu'il est parfois inévitable et incontournable, pas parce qu'il est anodin. Et vouloir resituer la réflexion sur ces pentes glissantes de gravité et de moralité me semble au contraire très dangereux. En aucun cas le fait de considérer la fausse couche comme un événement potentiellement grave et douloureux ne devrait remettre en cause le droit à l'IVG.

Cela me semble évident, mais peut-être que c'est cet amalgame, cette méconnaissance de la logique ayant permis la légalisation de l'avortement, qui contribue aussi à la minimisation des fausses couches dans notre société?

Quand je pense à la réaction des médecins face à une fausse couche, aux mots qu'ils ont, je pense à la chanson *C'est normal*[1] de Brigitte Fontaine avec Areski Belkacem, entre le théâtre et la musique. Ils chantent ensemble, «la la la la laaa», et après chaque fredonnement ils parlent : Brigitte a entendu une explosion, Areski lui explique que c'est normal, c'est le gaz dans l'appartement du dessous qui a explosé. Ils continuent à chanter, une alternance de «la la la laa» insouciants, de Brigitte qui demande si l'immeuble n'est pas en train de prendre feu, s'il ne va pas s'effondrer, et d'Areski qui lui donne des explications rationnelles à côté de la plaque, ponctuées de «c'est normal».

Ils chantent, ils chantent, de plus en plus éraillés et dissonants, jusqu'à la dernière strophe, où elle l'interrompt encore dans son chant. «Pardon, mais je pense à

1. 1973, album *Je ne connais pas cet homme*, Areski et Brigitte Fontaine.

un truc. On va pas mourir dans une minute ?» «Brigitte, tu es fatigante», répond-il agacé avant de lui expliquer qu'ils sont en train de tomber, que tout corps tombe à une vitesse définie, «et en arrivant au sol il subit une décélération violente qui amène la rupture de ses différents composants. Par exemple, les membres se séparent du tronc». Elle acquiesce. «Le cerveau jaillit hors de la boîte crânienne.» Elle acquiesce encore. «Dans ces conditions de déconnexion, il est évident que le phénomène de la vie ne peut pas se maintenir, c'est NORMAL, tu comprends ?»

Cette chanson, au comique surréaliste, un homme qui explique à une femme, une femme qui ne comprend rien – Brigitte, tu es fatigante – que *c'est normal*, tout va mal, mais puisque c'est normal, on peut continuer à chanter, elle me fait penser aux médecins qui expliquent leurs fausses couches aux femmes.

C'est comme ça qu'on me l'a présentée durant mes études de médecine, c'est comme ça qu'on a empaqueté la chose, vite fait bien fait à l'hôpital quand ça m'est arrivé, c'est comme ça que les amis médecins rationalisent l'événement quand il surgit dans un repas, pour ne pas s'appesantir sur le sujet. «Inutile de prétendre intégrer la mort à la vie et se conduire de manière rationnelle en face d'une chose qui ne l'est pas : que chacun se débrouille à sa guise dans la confusion des sentiments», dit encore Beauvoir dans *Une mort très douce*. Rationaliser l'irrationnel, comme le font les médecins, ne fait qu'aggraver cette confusion des sentiments.

On n'est pas habitué à questionner ce qui semble *normal* en médecine. Je me souviens d'une discussion avec ma sœur, quand j'étais encore étudiante : elle me disait qu'elle ne comprenait pas que des hommes soient gynécologues. Elle ne comprenait pas pourquoi ils ne laissaient pas ce sujet aux femmes. J'avais été exaspérée par cette remarque. Pas seulement exaspérée qu'elle le pense mais aussi qu'elle ose le dire, elle qui n'y connaissait rien. Elle n'avait pas le droit d'avoir une opinion : elle ne connaissait pas la médecine, la gynécologie, elle ne comprenait rien aux motivations des médecins.

Quand je regarde aujourd'hui la liste des présidents du CNGOF (Collège national des gynécologues et obstétriciens français, la société savante de référence) et que je constate que depuis sa création en 1970 jusqu'en 2021 il n'y a eu que des hommes, cela me laisse pourtant perplexe. C'est vrai que c'est un comble, pas une seule femme présidente pour la société savante de référence de la femme, mais quand j'étais étudiante je trouvais normal que tous nos professeurs de gynécologie et obstétrique soient des hommes, parce que c'était comme ça, alors la remarque de ma sœur m'irritait.

J'étais dans cette position de surplomb qu'on nous inculque en médecine. Vous connaissez cette blague ?

Quelle est la différence entre Dieu et un chirurgien ?

Dieu, il ne se prend pas pour un chirurgien.

C'est la seule blague de médecins que j'ai retenue, la seule qui avait un peu d'autodérision. J'en ai pourtant lu et entendu des plaisanteries de médecins, c'est très important l'humour pour les carabins : dans les notes de cours qu'on prenait pour le polycopié de la promotion, on devait toujours terminer par une blague. Quand ce n'était pas fait, les organisateurs nous faisaient des remontrances :

cette tradition des blagues, même mauvaises, était essentielle à leurs yeux, il ne fallait surtout pas qu'elle se perde !

J'ai repensé à cette conversation avec ma sœur, quand j'ai eu affaire à la gynécologie dans les suites de cette fausse couche. Je guettais les signes, cette orchidée que ma mère m'avait envoyée pour l'occasion et qui refleurissait enfin, symboles et pensées magiques, c'est sûr j'allais tomber de nouveau enceinte, je remarquais les anniversaires qui allaient me permettre de passer à une autre grossesse : il serait né aujourd'hui, il a été conçu il y a un an, il a dû arrêter de se développer il y a un an, c'est la nouvelle année, on m'a annoncé la fin il y a un an, je l'ai *évacué* il y a un an… Jusqu'à ce qu'il ne reste plus rien à compter. Juste une incompréhension totale : pourquoi ça ne marche plus ? Puisque je n'avais aucun pouvoir, j'avais attendu ces dates symboliques comme on égrène sa peine ou son chapelet. Au bout d'un an, je suis allée voir une gynécologue spécialisée en infertilité, une femme technique et efficace, c'est ce qu'on conseille après une année d'essais infructueux. Il me semblait incompréhensible d'être tombée enceinte immédiatement une première fois puis plus jamais depuis. Elle a rallongé ma peine d'une demi-année, elle m'a dit de revenir avec lui dans six mois, si je n'étais pas retombée enceinte d'ici là. « On élimine pas mal de choses avec une fausse couche », a-t-elle expliqué. Ça m'a d'abord soulagée qu'elle dise ça, qu'il fallait éliminer ce qui s'était passé ; il fallait faire d'abord le deuil de cette première grossesse avant de pouvoir en commencer une autre, il fallait digérer cette peine, il fallait peut-être que le corps se reconstruise aussi, ce n'était pas surprenant que ça ne passe pas si vite, que ce soit si long dans le fond.

J'ai posé une question en ce sens et elle s'est reprise : «Ah non, pardon, je me suis mal exprimée, je voulais dire qu'on élimine pas mal de choses, dans le sens, euh, de causes... » J'avais oublié qu'elle était médecin, qu'elle parlait au corps et pas à l'esprit. Éliminer des choses en médecine, je le sais pourtant, c'est éliminer des branches de l'arbre diagnostique, une fausse couche, ça élimine probablement l'obstruction des trompes de Fallope, ce genre de choses. Quand on a tout éliminé, on dit que c'est «idiopathique» pour dire qu'on ne connaît pas la cause ou parfois on dit «psychogène» et on reste perplexe. Pendant un instant, avec cette phrase, j'ai pensé qu'elle me parlait de ma fausse couche avec autre chose qu'une statistique ou un algorithme. Je rêvais !

Je suis retournée voir mon ancienne gynécologue de Paris, une dame un peu autoritaire, je l'entends souvent incendier ses patientes – je vous avais dit de ne pas venir en avance – non, je ne prends pas les personnes en retard – désolée, les bébés ne peuvent pas assister à la consultation – tant pis, mettez-moi une mauvaise note, c'est comme ça –, mais que j'apprécie malgré tout : je lui trouve cette rigidité d'institutrice sévère qui est juste et gentille dans le fond. Je suis retournée la voir, je lui ai dit que je n'habitais plus là, elle m'a coupé la parole : «Attendez ! Chaque chose en son temps ! » Oui, pardon, je sais qu'elle n'aime pas quand on parle avant qu'elle prenne des notes. Quand elle m'a demandé ce qui m'amenait, je lui ai dit que j'étais tombée enceinte l'année passée, au premier essai, que j'avais fait une fausse couche trois mois après, mais que je ne retombais plus enceinte depuis. Elle m'a tout de suite arrêtée. Elle a posé son stylo, levé la main et, sur ce ton proche de l'aboiement qui la caractérise, elle a glapi : «Ah ! Une fausse couche, c'est un deuil !» C'est pour ça que j'allais malgré tout la voir, elle n'est pas commode, mais elle a crié ces mots évidents que personne ne m'avait dits. Elle insiste : «Si, si, c'est un deuil ! C'est long ! Moi ça m'a pris plus d'un an à retomber enceinte quand je l'ai perdu, à cause de la grippe» (elle donne toujours des exemples personnels). «Les fausses couches, soit on retombe enceinte tout de suite, soit c'est très long.» Je lui parle de ces douleurs intermittentes que j'ai dans le ventre depuis, comme des douleurs de règles ou comme celles que j'avais en début de grossesse, la sage-femme m'avait dit c'est l'utérus qui prend sa place, des tiraillements que je n'avais jamais eus avant, alors elle hurle maintenant eh ben voilà, c'est pas passé ! Qu'est-ce que je vous disais ? C'est un deuil, je vous dis !

— Alors, vous ne pensez pas qu'il faut que je fasse une échographie, pour vérifier que tout va bien ?

— Ah si ! Si, si, si, absolument ! Il FAUT faire une échographie, pour vous montrer que tout va bien. Vous n'avez pas cassé la machine, vous savez !

Elle m'envoie faire l'examen, elle me donne le nom d'un médecin, c'est un prénom épicène, je suppose que c'est une femme. Finalement, c'est un homme, bon, ce n'est pas grave, c'est juste une échographie. Ah, il veut une échographie endovaginale, bon, c'est un médecin, on ne va pas en faire une histoire, c'est son métier. Il est professionnel, il fait ça toute la journée, il déroule le préservatif sur la sonde, le lubrifiant, détendez-vous, il pénètre, il regarde l'écran et commente «Voiiiilààà, vous avez un utérus magnifique», «Les ovaires remplis de follicules, un, deux, trois...», «Voilà, je compte déjà huit beaux follicules à gauche»... Il me demande si je sais quelles sont les chances de tomber enceinte à chaque cycle, je réponds vingt-cinq pour cent. Il est étonné que je connaisse la réponse, et il dit c'est ça, une chance sur quatre, donc il n'y a pas de raisons de s'inquiéter. Je le contredis, une chance sur quatre, depuis un an, douze mois, niveau probabilité, ça aurait pu se produire déjà trois fois. Il dit non, non, c'est normal. Tout va bien : «Votre utérus est superbe, les ovaires aussi.» Et il ajoute, un peu paternaliste, un peu grivois : «Vous savez ce qu'il vous reste à faire?» Je dis «Oui, oui» pour l'empêcher de continuer, je vois où il veut en venir, je les connais. Il retire la sonde de mon vagin, et me donnant un mouchoir pour essuyer le gel il continue quand même, avec un sourire : «Vous occuper de monsieur! Et un peu mieux que ça!» Je réponds à son sourire, bien sûr que je souris, je suis allongée, nue, les jambes écartées, il me tend le sopalin en retirant sa sonde, alors je souris automatiquement. Il me dit à tout de suite, il viendra m'apporter le compte rendu à l'accueil. Je me rhabille, un peu soulagée que ça soit terminé, un peu contente que tout aille bien à l'échographie, un peu agacée de ce commentaire stupide et déplacé. Je lui trouve des excuses, la vieille génération, il n'a pas pensé à mal. C'est de l'humour de médecin, pas très fin, on connaît. C'était même peut-être pour être gentil, pour me dérider, pour paraître léger, pour que je ne m'inquiète pas, c'est thérapeutique. Je retourne en salle d'attente, il appelle mon nom au comptoir, il ouvre l'échographie, il la commente brièvement, puis la referme et, content de lui, en me tendant le compte rendu, il redit tout haut pour que tout le monde entende, pour me mettre mal à l'aise, je ne vois pas d'autres raisons, il redit fort : « Vous savez ce qu'il vous reste à faire... » Je dis oui, oui, je prends le dossier et je sors vite avant d'entendre la suite. Dans la rue, je suis énervée de n'avoir pas mieux répondu, d'avoir bêtement et faiblement souri la première fois, de m'être enfuie la deuxième, comment ça, ce qui me reste à faire, vieux pervers ! Ah ce sourire libidineux, ça m'exaspère, et je n'ai rien dit, il doit croire qu'il a le droit, toute la journée, il ne fait que ça, et personne ne lui dit rien, puisque c'est lui, le médecin. Personne ne dit jamais rien, allongé les quatre fers en l'air, vaincu, personne ne dit rien, suspendu à ses lèvres, on vient le voir pour qu'il nous dise des choses importantes alors on lui pardonne ces autres paroles qui ne devraient pas être. Personne ne lui dit rien alors il peut se permettre de décrire nos organes génitaux en termes esthétiques, c'est magnifique, c'est sublime, alors qu'on sait bien que ce ne sont pas les mots qu'il écrira dans le compte rendu, que ce ne sont pas les mots officiels, ceux qu'on est venu chercher parce qu'on est inquiet pour notre santé. L'essentiel c'est que tout aille bien alors on passe sur le reste, il peut se le permettre, bon, on ne va pas en faire une histoire. On ne lui dit pas espèce de vieux con, je viens te voir pour infertilité et tu me parles de s'occuper de monsieur, tu me dis que tout va bien dans mes magnifiques organes génitaux, mais tu dis que pourtant le problème ne peut pas venir de monsieur, non, c'est moi qui ne m'en occupe pas assez bien, est-ce que tu réalises qu'en plus d'être grossier, tu es idiot ? Ah tu n'as pas pu t'empêcher de t'offrir ce petit plaisir de la faire rougir, d'évoquer en public, devant la salle d'attente, sa vie sexuelle pour la mettre mal à l'aise, pour la voir baisser les yeux et toi triompher et c'est bien normal, personne ne t'a jamais empêché de le faire, c'est même comme ça qu'on t'a appris la médecine, l'humiliation fait partie de l'apprentissage, alors c'est bien normal. Et quand, en rentrant, je leur raconte l'examen à lui et à sa mère, je dis d'abord, soulagée, que tout va bien, et j'ajoute en riant, comme une anecdote, l'histoire de s'occuper de monsieur, et un peu mieux que ça et on rigole, ah ben d'accord, et ce n'est pas grave parce que ce qui est important c'est que le docteur a dit que tout allait bien, le reste c'est du bonus, du pourboire pour médecin. Pas du pourboire qu'on leur donne, ils se servent eux-mêmes, mais ils peuvent bien, ils apportent la bonne nouvelle, ils sauvent des vies. Et quand j'ai tendu l'examen à la gynécologue spécialisée en infertilité en lui disant l'échographiste m'a dit que tout allait bien, qu'il suffisait que je m'occupe de Monsieur, un peu mieux que ça, elle n'a pas dit un mot, pas sourcillé, elle a dit très bien, sans réaction, c'est ça la confraternité. Elle ne le connaît peut-être pas ce collègue, mais quoi qu'il ait dit ou fait, s'il l'a dit ou fait, on ne le remet pas en cause, c'est ça être de la famille des médecins, un clan soudé. Et moi qui ai fait partie de ce clan, je rechigne toujours à critiquer, même en écrivant ces mots, je pense quand même à ce pauvre échographiste, il n'était sans doute pas méchant, simplement maladroit, il voulait juste être drôle. D'ailleurs quand je tape son nom sur internet il est signalé tout en haut des avis Google, même un logiciel l'a analysé : « thèmes qui reviennent souvent : humour », un humour qui n'est pas toujours drôle, mais qui fait partie des traditions, on nous l'a appris à la fac.

C'est comme pour l'urgentiste qui m'a gâché la vie pendant trois mois, à la vue et au nez de tous ; mes co-externes échangeaient leurs gardes avec moi pour m'éviter d'être avec lui. En y allant, j'espérais avoir un accident, rien de trop grave quand même, juste quelque chose qui m'empêcherait d'aller aux urgences avec lui. Je le guettais en arrivant, je cherchais où il était, si la voie était libre, puis j'allais en courant me changer quand il n'était pas là, mettre ma blouse avant qu'il ne me voie pour éviter un commentaire certain sur ma tenue, quelle qu'elle soit. Je cherchais à avoir un autre senior pour présenter mes patients, mais toujours il me fondait dessus, présente-moi ton patient et il me laissait parler, lui présenter les patients sans rien écouter de tout ce que je disais, en me regardant juste de ce regard intenable, lui assis, moi debout devant lui, il aimait que je rougisse, que je sois gênée de lui présenter le patient, exposée debout devant lui confortablement installé, et il me coupait dans ma présentation, brusquement en plein milieu d'une phrase pour me demander doucement si mes cheveux étaient plutôt roux ou blonds, toujours quelque chose sur mon physique. À part ça, c'était sûrement un bon médecin, efficace, apprécié de ses collègues. L'une d'elles l'avait surpris à me faire son numéro, elle a eu l'air de tomber des nues, ils étaient amis, alors décontenancée, déçue peut-être, pour ne pas y croire, elle a juste ri, elle lui a dit : « Mais ça va pas, qu'est-ce que tu fais avec Claire ? » Il a joué sur le rire aussi, il a ri comme elle, puis quand il me poussait dans un placard pour chercher la machine à ECG, il criait fort en riant, tout le monde pouvait entendre, mais il rigolait, ça va, « Attention, j'emmène Claire dans le placard à ECG ! houlàlà attention ! », qu'est-ce qu'on rit en médecine ! Une vraie famille, c'est l'humour carabin, rien de bien méchant ! Ce n'était pas si terrible, au moins avec moi il était gentil finalement, les autres avaient peur de lui, il détestait les hommes. Quand je repense à cet épisode de mes vingt ans, je ne peux malgré tout pas m'empêcher de me dire que c'était peut-être involontaire, qu'il ne se rendait pas compte, il ne pensait sans doute pas à mal, il n'y a pas de quoi en parler, vraiment. C'est ça, le clan des médecins : la solidarité passe avant tout.

L'autre jour, je ne sais plus pourquoi, il m'a demandé s'il y avait déjà eu le metoo médecine, on lisait le *Télérama* sur le metoo théâtre, il y avait déjà eu le metoo du cinéma, le metoo inceste, le metoo gay, le metoo en cuisine, il ne savait plus où on en était. J'ai ri, j'ai dit non, ça, c'est sûr, s'il y a un jour le metoo médecine, ce sera certainement le dernier des metoo ! Parce que les médecins sont trop solidaires, parce qu'en médecine, même les femmes sont des hommes, parce que moi-même, j'ai du mal à me désolidariser du corps médical auquel je n'appartiens pourtant plus. De toute façon, on ne voudrait pas entendre un metoo médecine : les médecins sont trop utiles, on ne fait pas un metoo contre Dieu, on ne va pas se mettre les sauveurs à dos.

Quelques mois après, en avril 2021, j'étais invitée à la fac de médecine de Brest pour intervenir dans le dernier cours d'un enseignement novateur sur la médecine graphique, proposé par un sociologue. Il y avait dans ce séminaire un souffle plus libre et bienveillant que dans les cours de médecine «classiques» de mes souvenirs, on était plus proche de l'ambiance des enseignements dirigés d'anglais médical, les seuls cours qui n'étaient pas menés par des praticiens hospitaliers. Je me souviens qu'on y parlait aussi de médecine, des différences d'exercice entre les pays, et que c'était agréable d'avoir un cours sur la médecine où le professeur n'était pas un médecin. C'était un peu plus humain et on s'y sentait mieux, il n'y avait aucun risque d'être rabaissé ou humilié dans ce cours : on pouvait prendre la parole et s'exprimer sans crainte.

C'est terrifiant de voir à quel point les étudiants en médecine sont inhibés. Je ne suis vraiment pas imposante, à peine plus âgée qu'eux et on était en petit groupe, mais ils étaient tout de même très intimidés. Je reconnaissais dans leur attitude celle que j'avais connue pendant mes études : personne n'ose vraiment parler, on prend des notes docilement... C'était encore plus flagrant une fois sur l'estrade : on dirait des enfants battus! Comme si on allait les piéger ou leur faire du mal. Je me souviens que ce silence soumis des petits groupes d'étudiants en médecine exaspérait certains professeurs qui finissaient par s'énerver et choisir un élève pour le bousculer, le sortir de sa torpeur.

Le sociologue leur avait fait lire ma première BD sur la psychiatrie, et pour cette dernière séance du séminaire ils avaient tous écrit un texte sur un épisode marquant de leur expérience à l'hôpital. Ils étaient en troisième ou quatrième année, sympathiques, remplis de bonne volonté, d'idéaux et leurs textes ne racontaient pas, sauf un ou deux, la rencontre avec la mort ou la maladie, ce qui est dur mais inévitable, ils parlaient de la culture hospitalière, de ces médecins qui les méprisaient et méprisaient les patients ; avec humour ou gravité, tous étaient choqués de cet univers souvent déshumanisé, des infractions à l'éthique qu'on leur imposait, ils vivaient parfois leurs stages comme un « bizutage ». Le sociologue les a repris, non, je vous ai dit, en socio, on ne parle pas de bizutage, mais de rite de passage ! L'une d'entre eux a dit : « Voilà, ils sont comme ça parce qu'on les a traités comme ça et nous, dans dix ans, on sera sans doute tous devenus des gros cons, aussi ! » Ils ont parlé justement de la sensibilité qu'on ne peut pas montrer, parce qu'il faut être un dur, un vrai, à l'hôpital.

Je me souviens qu'un médecin, ami de ma mère, lui avait un jour expliqué que quand on commence ses études de médecine on est du côté des patients, mais qu'un jour il faut passer du côté des médecins. Ce changement s'opérait d'après lui vers la quatrième année de médecine. Les élèves de ce séminaire devaient être juste avant cette fameuse transformation. J'avais trouvé cette règle un peu cynique quand ma mère me l'avait rapportée, je n'y avais alors pas vraiment cru. Je me souviens aussi de la première fois où j'ai senti en moi une métamorphose effrayante s'opérer : c'était justement en quatrième année de médecine.

J'avais passé l'année en échange à Berlin et lors d'un de mes derniers stages, en oncologie, j'avais un chef sympathique, qui me libérait parfois plus tôt pour que j'aille découvrir la ville quand il n'y avait rien à apprendre de plus dans le service, et une cheffe terrible, qui tenait à ce que je reste systématiquement jusqu'à la fin de sa journée, aussi longue et inintéressante fût-elle. Une femme tyrannique, un dragon qui mettait un point d'honneur à ne me passer aucun traitement de faveur en tant qu'étudiante étrangère. Le matin, je devais m'occuper des prises de sang et des poses de voies veineuses, soins gérés par les infirmiers en France et que l'on n'apprend habituellement pas durant les études de médecine françaises. Pour mes autres stages berlinois, et de manière générale avec les Erasmus, les médecins allemands étaient donc indulgents : ils ne nous forçaient pas à nous acharner sur un patient « difficile à piquer » et s'en occupaient eux-mêmes quand on avait échoué, pour le bien de tous. Mais le dragon d'oncologie tenait à ce que je réessaye chaque jour de piquer un patient sec sur lequel je n'avais jamais réussi à prélever la moindre goutte de sang. Le contact passait mal avec lui, il hurlait dès qu'il me voyait entrer dans la chambre et l'idée d'y retourner chaque matin m'angoissait tellement que j'étais incapable de faire son prélèvement. Tout avait pourtant bien commencé entre nous : il m'avait d'abord demandé d'où je venais, puis avait ajouté être déjà allé en France une fois, pour la guerre, et qu'il y avait de belles femmes là-bas. C'est à peu près tout ce que j'ai retenu, car je n'arrivais pas à comprendre son fort accent. Mon interrogatoire l'avait d'ailleurs excédé parce que je lui faisais répéter toutes ses réponses. Il redisait alors exactement les mêmes mots, incompréhensibles, en les hurlant de plus en plus fort, comme si j'étais simplement sourde. Petit à petit, au gré de son hospitalisation et de mes séances de torture, il s'était mis à me détester et moi à le redouter. Il n'en était pas encore venu aux mains, mais je sentais qu'on n'était pas loin, il agitait ses bras en vociférant chaque fois que j'approchais l'aiguille en suant à grosses gouttes. Et le matin où on m'a annoncé qu'il était mort pendant la nuit, j'ai ressenti un immense soulagement. Il faut croire que j'avais fini par le détester moi aussi. J'ai été frappée de constater le bien que m'avait fait la mort de ce pauvre monsieur en fin de vie, que j'avais inutilement martyrisé pendant ses derniers jours. Je ne m'y attendais pas, je pensais être une personne empathique. J'étais très choquée de ma propre réaction. Je terminais ma quatrième année : je n'étais visiblement plus du tout du côté des patients, peut-être que je rejoignais finalement le camp des médecins ?

Il faut pourtant bien reconnaître que cette métamorphose effrayante n'était pas le fait inéluctable de l'exercice de la médecine, mais était bien due à l'abus de pouvoir de cette médecin qui avait tenu à me transformer en bourreau. Le sympathique docteur avait compris qu'il était inutile de m'envoyer prélever ce même patient compliqué tous les matins et s'en chargeait lui-même quand il était là. Cette expérience ne me faisait pas rejoindre le camp de n'importe quel médecin, mais bien celui du dragon. Ce n'est peut-être pas une fatalité, la perte de l'empathie et de la sensibilité en médecine… Sans doute que si j'avais eu l'autre docteur comme unique chef, je n'aurais jamais eu à me réjouir de la mort de ce patient.

À ce fameux séminaire de médecine graphique où les étudiants n'étaient pas encore dans « le camp des médecins », il y avait aussi la responsable du master d'éthique. À la lecture de leurs textes, elle s'étonnait : « Mais vous pouvez en parler dans les services quand il y a quelque chose que vous trouvez anormal ou que vous avez trouvé dur, moi je pense que la sensibilité est une force ! » Et ils se regardaient sans comprendre ce qu'elle racontait : même sur leurs évaluations de stage, ils n'osaient rien dire, de peur que ça ne leur soit préjudiciable. L'un d'eux a lu son texte, qui évoquait une visite médicale affligeante à laquelle il avait dû participer. J'ai demandé dans quelle spécialité c'était – par curiosité, je ne connais pas les services, je n'ai pas étudié ici, et je ne travaille même plus en médecine – mais il s'est écrié «Ah non non, je ne balance pas, j'ai pas envie que ça me retombe dessus!». Ce qui se passe à l'hôpital doit rester à l'hôpital. Cette phrase, elle est franchement assumée par les responsables de cette culture. Je l'ai lue récemment encore en cherchant des articles sur la façon dont on apprend certains gestes aux étudiants en médecine (le geste, c'est une culture aussi, il faut *faire* des gestes, ponction lombaire, touchers pelviens, même si on ne s'en servira plus jamais dans son cursus, même si ce sera le patient qui payera de son corps, ce geste maladroit et inutile, il faut *faire*, quand on est médecin, l'action, toujours). Je pensais à cette tradition choquante, que j'ai par chance réussi à éviter, mais qu'une amie a vécue : elle était en stage de sémiologie, deuxième ou troisième année. La sémiologie, c'est l'étude des signes : on avait un petit carnet de validation où il fallait cocher les gestes de l'examen clinique qu'on avait appris à faire. J'avais fait mon stage de sémiologie en psychiatrie, troubles du comportement alimentaire, je n'ai pas *coché* grand-chose, j'ai quand même beaucoup appris. Cette amie était dans un stage de médecine somatique, je ne sais plus lequel, peut-être gastro ou pneumologie, ils étaient plusieurs étudiants pour le même stage de sémio et le chef de clinique leur a dit : «Vous allez apprendre à faire un toucher rectal!» Et il leur a expliqué, il y a ce vieillard sénile, un peu dément, il ne se rend compte de rien, vous pouvez passer les uns après les autres, lui mettre un doigt dans l'anus, pendant que sa famille n'est pas là, alors que ça n'a aucun intérêt diagnostique, alors que ces étudiants n'auront peut-être jamais à faire de toucher rectal dans la spécialité qu'ils choisiront, alors que c'est strictement un viol. C'est peut-être un viol, dans la loi, mais pour eux, les futurs médecins, c'est un *geste* qu'ils auront fait, un pas de plus vers le statut de médecin, c'est complètement différent ! Ils pourront cocher « toucher rectal » dans leurs petits carnets. Je cherchais donc, si on avait un peu parlé de cette pratique, si ça avait fuité, je cherchais sur internet : il y avait quelques articles sur des touchers pelviens pratiqués au bloc opératoire, sur des patients endormis qui n'avaient pas donné leur consentement, pratique qui était encouragée pour l'apprentissage des étudiants, comme le prouvait un carnet de stage d'une faculté de Lyon datant de 2010, qui s'était accidentellement retrouvé en ligne. La doyenne avait reconnu que le consentement n'était effectivement pas toujours recherché, mais avait maladroitement justifié : « J'ai peur qu'à ce moment-là, les patientes refusent[1]. » Elle n'avait peut-être pas entendu, dans ce cours sur le consentement en première année, au milieu des cris et des jets de papier toilette, que l'intérêt du consentement, c'est justement de pouvoir dire non. Une étudiante en cinquième année de médecine racontait sur Twitter[2] son expérience vécue en 2016, « comment un jour,

1. *L'Express*, le 4 février 2015, « Touchers vaginaux sur patientes endormies : "viol" ou pratique pédagogique ? ».
2. Tweet du 1er septembre 2015, @Elsa_Dechezeaux.

un médecin m'a proposé de violer une vieille dame» : elle avait refusé la proposition de son chef de clinique de gastro-entérologie, de faire un toucher vaginal au bloc opératoire à une patiente venue pour coloscopie (rien à voir, donc) et avait dû se justifier face à celui-ci, effaré de son refus : «Ça l'a bousculé et interloqué. Ce n'est pas habituel que des étudiants refusent de faire des trucs. On est censé vouloir apprendre toujours plus. Avoir une soif de faire toujours plus. Si on refuse un geste, c'est bizarre.» Cette pratique avait déjà commencé à inquiéter en 2015 une cinquantaine de personnalités, dont quelques médecins, qui avaient alors signé une tribune écrite par Clara de Bort, Béatrice Kammerer, et Marie-Hélène Lahaye[1] : «C'est bien l'un des problèmes que nous identifions dans les études de médecine : la création d'un entre-soi organisé autour de la transmission des pratiques, les meilleures comme les pires, plutôt que leur interrogation et leur examen critique.» Mais surtout il y avait ce médecin qui concluait, depuis un grand hôpital parisien, qu'on avait toujours fait comme ça, alors pourquoi changer, merveilleux argument, et ajoutait «Ce qui se passe à l'hôpital doit rester à l'hôpital». Et aussi le président du Collège national des gynécologues et obstétriciens qui estimait que là vraiment, avec ce débat sur les touchers pelviens sans consentement, on allait «trop loin dans la pudibonderie[2]». Et cet autre président du même

1. Le Club de Mediapart, 6 février 2015, «Le consentement, point aveugle de la formation des médecins». «Non aux touchers vaginaux non consentis», pétition adressée à Marisol Touraine, ministre de la Santé.

2. «Touchers vaginaux sur patientes endormies : "C'est de la médecine, on n'est pas dans un fantasme de viol!"», interview de Bernard Hédon, président du CNGOF, dans *L'Obs*, 3 février 2015.

Collège, qui répondait à des journalistes le questionnant sur les consentements spécifiques qu'il faut demander pour que les étudiants apprennent des gestes sur les patients : « Je ne suis pas conscient de ça, il n'y a jamais eu de consentement spécifique[1]. » Quand les journalistes lui renvoyaient l'article du code de déontologie de la médecine et l'article du code de la santé publique expliquant clairement ce point, il répondait simplement : « Eh bien je ne sais pas comment faire. » Impasse.

Il n'y a pas de discussion possible, pas de débat. Vouloir faire évoluer les pratiques, en l'occurrence ici se mettre juste à la page du monde anglo-saxon, c'est être contre les médecins, c'est une agression insupportable pour ceux qu'on a habitués à être intouchables. Un gynécologue à la retraite disait de la prise de parole sur les violences obstétricales, dans une tribune du *Monde* en 2017 : « Cette hystérie est fondamentalement une stratégie pour piéger la médecine[2]. » Les patients contre les médecins. Heureusement que les médecins forment un clan soudé pour faire face à ces « hystériques »... Peut-être que la crainte de cette fin de non-recevoir empêche aussi les femmes de faire remarquer que la prise en charge de leurs fausses couches pourrait être améliorée ?

Peut-être qu'un texte comme le mien risque de provoquer ce genre de rejet agacé ?

1. Slate, 27 novembre 2018, « On apprend encore aux futurs gynécos à toucher les patientes endormies sans leur consentement », réponses d'Israël Nisand, président du CNGOF.

2. *Le Monde*, 30 août 2017, *« Non, nos obstétriciens ne sont pas violents. Ils sont simplement déjà d'une autre époque »*, tribune par Laurent Vercoustre.

Peut-être que je n'oserai jamais rien en faire, jamais le faire lire, de peur de passer pour une hystérique qui a mal vécu sa fausse couche, qui a mal vécu sa médecine, elle a arrêté, elle est aigrie et la voilà qui s'en prend maintenant à ces braves médecins !

C'est justement un médecin qui m'a fait écrire ce texte.

C'étaient d'abord quelques notes disséminées dans mes carnets, des mots jetés à la va-vite sur ce sujet qui n'existe pas. La dernière note : je fais une recherche sur la fausse couche, dans le journal *Le Monde*, je me demande s'il y a des articles sur le sujet, une tribune peut-être. On est le 19 mars 2022 et voilà ce qui sort :

- *« Salvador : l'acquittement d'une femme pour une fausse couche "définitivement" acquis » (9 juillet 2020) ;*
- *« Au Salvador, une femme jugée pour un homicide après une fausse couche risque un troisième procès » (10 septembre 2019) ;*
- *« Poursuites abandonnées contre une Américaine accusée d'homicide après une fausse couche » (3 juillet 2019) ;*
- *« Une Américaine fait une fausse couche après avoir été blessée par balle, puis est arrêtée pour la mort de son fœtus » (28 juin 2019) ;*
- *« Une salariée d'Auchan porte plainte après une fausse couche pour "non-assistance à personne en danger" » (10 janvier 2017).*

Une succession de faits divers consternants qui parlent en fin de compte du lien entre fausse couche et culpabilité de la femme. Voilà ce qu'on lit donc sur la fausse couche, sans même y penser, avant que ça nous arrive.

On lit qu'il y a des pays lointains où des femmes sont emprisonnées pour avoir vécu une fausse couche («Dans les faits, les juges considèrent toute perte du bébé comme un "homicide aggravé", puni de trente à cinquante ans de réclusion»; «Une vingtaine de femmes sont toujours emprisonnées au Salvador pour de tels faits selon la Fespad»), on lit qu'il y a des pays pas si lointains où l'on peut arrêter et inculper une femme d'homicide, lui reprocher la mort de son fœtus, pour avoir été blessée par balle au ventre (« "La seule victime est ce bébé à naître", avait alors déclaré le chef de la police locale Danny Reid, "C'est la mère de l'enfant qui avait commencé et qui a alimenté la bagarre", avait-il ajouté»).

Je lis ces faits divers, les uns après les autres, et après eux arrive tout de même une tribune, le texte d'une philosophe, Claire Larroque : «Pourquoi est-il encore si difficile, dans nos sociétés contemporaines, d'évoquer le deuil périnatal?» (30 novembre 2021), un texte qui propose d'offrir du soutien «plutôt qu'un lourd silence». Il s'agit ici de deuil périnatal (mort après vingt-huit semaines d'aménorrhée et jusqu'à sept jours après l'accouchement), mais l'autrice évoque aussi certains liens avec la fausse couche ainsi qu'avec la condition de la femme lors des trois premiers mois de grossesse, silence et solitude. Les ressorts de la souffrance et du tabou apparaissent similaires : absence de rituels religieux et de rites, des mots violents, ceux de la médecine, «débris humain», «déchet anatomique», un silence de moins en moins supporté par des femmes qui voudraient libérer la parole autour de leur corps et de leur expérience de la maternité, «La norme de ce qui est attendu d'elles – avoir un corps beau, jeune et qui fabrique des enfants – amène habituellement les femmes à taire ce qui les traverse», le corps qui reste marqué par la présence puis l'absence, et ces «injonctions qui les incitent à "tourner la page", à oublier "cet épisode"».

Voilà ce que je lis dans le métro, ce 19 mars 2022, en cherchant «fausse couche» dans un des plus grands journaux français. Ce sujet n'a droit qu'à de tristes faits divers qui en disent long, et si on extrapole un peu, à la tribune d'une philosophe qui se questionne sur un événement traumatisant qu'elle a dû vivre dans le silence.

En lisant cela, je comprends mieux cet épisode avec la CAF qui m'avait alors semblé absurde, ces interminables échanges dans lesquels il m'avait fallu leur prouver ma fausse couche pour qu'ils reprennent leur prime de naissance. Ça ne suffisait pas que je n'aie pas eu d'enfant, que je leur dise que j'avais fait une fausse couche, j'étais présumée coupable, j'étais enceinte et je ne l'étais plus, qu'avais-je fait ? Qu'avaient dit les médecins ? Ce qui avait de la valeur, c'était ce que les médecins en disaient, une fausse couche, ça appartient à la médecine, comme le corps d'une femme enceinte d'ailleurs. Pour l'ancien médecin et écrivain Martin Winckler, «la femme est esclave de sa grossesse et de la maternité. Le fœtus est bien plus important qu'elle[1]».

Pour la CAF, ce n'était pas vraiment moi qui étais concernée par cette fausse couche, ce qui comptait le plus

1. *Libération*, 16 mars 2022, «Les femmes sont esclaves de leur grossesse», interview de Martin Winckler sur les injonctions dont souffrent la grossesse et la maternité, les non-dits et la surmédicalisation asservissant les femmes.

c'était cet enfant à venir que j'avais porté, il fallait que je prouve mon innocence.

Une femme enceinte est une suspecte, ce n'est pas nouveau : « L'édit d'Henri II (1556) déclare homicides les mères qui cachent leur grossesse. Découvertes, elles encouraient la peine de mort », rapporte Élisabeth Badinter dans *L'amour en plus. Histoire de l'amour maternel XVIIe-XXe siècle.*

Dans *Maisonologue*, Lorraine Les Bains parle de cette « prise en main du corps des femmes par les hommes de la médecine et de ce qu'ils ont décidé de faire de la naissance ». Elle se questionne sur le premier acte effectué à la naissance d'un enfant : « On coupe le cordon et on jette le placenta auquel il a été relié pendant neuf mois et qui le nourrissait. Pourtant, le placenta continue d'être extrêmement nourricier pour le bébé pendant quatre à cinq jours encore... »

Certains parents choisissent donc de laisser le cordon relié au placenta et d'attendre qu'il tombe de lui-même après quelques jours, elle souligne qu'il faut évidemment être accompagné dans cette pratique pour laquelle il faut aussi « se départir du dégoût habituel que suscite la vue du placenta ». (Le même dégoût suscité par la vue du sac gestationnel de nos fausses couches qui finissent aux toilettes.)

Le placenta, c'est un organe optionnel auquel on ne pense pas souvent. Lors d'un de mes stages en physiologie rénale, le chef du service nous avait posé un jour la question suivante : « Quel est cet organe dont la veine apporte du sang riche en oxygène et les artères drainent du sang pauvre en oxygène ? » Cette circulation inversée nous avait fait penser au poumon. « Non, ce n'est pas le poumon. » Il nous avait laissés réfléchir assez longtemps, nous tromper, puis avait ajouté malicieusement des indices : « C'est un organe qui n'est pas tout le temps là. Il apparaît puis disparaît. » On s'offusquait, ce n'était pas un organe, ça, est-ce qu'on en avait seulement besoin pour vivre ? Il riait sous cape : « Oui, on peut dire que c'est même indispensable à la vie ! Mais on peut passer sa vie sans en avoir un. Par contre il y a des gens qui en ont plusieurs dans leur vie. On peut même en avoir plusieurs en même temps, puis ils s'en vont tous ensemble. » Personne n'a su trouver la réponse.

On ne pense pas souvent au placenta alors il est difficile (en France en tout cas) de le considérer d'une autre façon que celle envisagée dans la conception médicale qui en fait un déchet anatomique.

Une femme n'a aucun droit sur son placenta, sauf si elle accouche à la maison. On sait qu'aux États-Unis, par exemple, la placentophagie (fait de consommer le placenta après la naissance, en général sous forme de capsules, pour améliorer le post-partum) est de plus en plus répandue et étudiée. Qu'on soit pour ou contre, c'est une pratique qui existe dans la nature, chez les animaux, qui est connue depuis des siècles dans la médecine traditionnelle chinoise et on peut imaginer que si une femme décide de manger son placenta, c'est qu'elle a dû s'y intéresser et qu'elle en attend des bienfaits. Pourtant quand j'ai lu le best-seller d'un ancien gynécologue de la NHS, *This Is Going to Hurt*, un journal par ailleurs très intéressant, j'ai été stupéfaite de voir sa réaction méprisante face à une femme qui demandait à garder son placenta pour le manger. Toute la scène était tournée en dérision, la femme ridiculisée, présentée comme une folle, une hystérique cannibale prête à lui sauter dessus pour mordre dans son placenta. Il ne cherchait pas un instant à savoir pour quelles raisons elle voulait absolument manger son placenta, il se moquait simplement d'elle et lui répétait qu'il s'agit d'un déchet que l'hôpital doit détruire. Ce n'est pas facile d'avoir un corps à soi à l'hôpital, face aux médecins.

Dans « L'horreur d'un pareil amour », un texte écrit pour la revue *Sorcières*, Marguerite Duras raconte que quand elle accouche d'un bébé mort-né, on refuse de le lui montrer, malgré son insistance – « Il est à moi ». On ne veut pas qu'elle voie son fils – « Ça vous ferait pleurer » – et finalement, pour la faire taire, on lui dit « On les brûlait ».

C'était en 1942, les médecins étaient sans aucun doute beaucoup plus paternalistes qu'aujourd'hui, mais je crois que cette idée a d'une certaine manière perduré. L'idée qu'il ne vaut mieux pas voir l'enfant imaginé, il ne vaut mieux pas le pleurer. Il vaut mieux le faire disparaître au plus vite, faire comme s'il n'avait pas existé, comme si cette perte n'était pas si terrible. Peut-être que c'est cette croyance, en plus de la propension à l'action et la volonté de garder le contrôle sur le corps, qui fait proposer systématiquement un traitement médicamenteux ou chirurgical aux femmes dont la grossesse s'est arrêtée naturellement au premier trimestre ? Actuellement, le CNGOF propose deux méthodes d'expulsion : le traitement médical par prostaglandine ou le traitement chirurgical. L'expectative n'est pas recommandée parce qu'elle augmenterait le risque d'intervention non programmée et de transfusion sanguine. Pourtant on peut lire sur le site de

Cochrane (l'organisme non lucratif de référence qui s'occupe des revues systématiques de la littérature médicale pour proposer des recommandations de bonne pratique), en conclusion de la «comparaison d'une prise en charge expectative (attente) à un traitement chirurgical dans le cas d'une fausse couche» : «Étant donné qu'aucune des deux approches n'est clairement supérieure à l'autre, les préférences des patientes doivent être privilégiées lors de la prise de décision.»

Comme je l'ai raconté plus haut, l'expectative a été pour mon expérience personnelle plutôt bénéfique, mais c'est peut-être cet échappement aux règles de l'hôpital qui m'a valu ensuite ce harcèlement par la CAF et la sécurité sociale.

Voilà les questionnements qui se sont immiscés depuis ma fausse couche, des remarques qui se sont imposées toutes les fois où j'étais malgré moi ramenée à ce non-événement, où j'étais bien obligée d'y réfléchir, de le penser, faute de pouvoir échanger ou lire sur le sujet.

Les rares paroles qu'il m'arrive d'entendre sur ce thème me laissent sans voix. Une femme enceinte me dit, au cours d'une discussion sur sa grossesse, qu'elle ne savait pas toutes ces choses sur la fertilité et l'ovulation avant, est-ce que je savais que c'était deux semaines après les règles qu'on était fertile? Je lui réponds que oui, je connais ça par cœur maintenant, c'est mon pain quotidien désormais ce genre de calculs de jours, et comme il y a une troisième personne dans la conversation, je me tourne vers elle pour lui préciser ce que je viens de dire. Je lui explique «parce que j'ai fait une fausse couche il y a plus d'un an et qu'il n'y a pas moyen de retomber enceinte depuis». La femme enceinte me dit alors : «C'était quoi déjà toi? C'était un œuf clair?» Un œuf clair est la fécondation d'un ovule qui n'aboutit pas à la formation d'un embryon, la division cellulaire s'arrête avant, au tout début. Les signes de grossesse sont pourtant présents, les membranes et le futur placenta se développent et il arrive qu'on le diagnostique seulement lors de la première échographie. Sa question m'irrite, je lui réponds que non, ce n'était pas du tout un œuf clair, il y avait bien un embryon dont le développement s'est arrêté au deuxième mois, on m'avait même fait écouter son «petit cœur». Et c'est cette réponse que je dois lui faire qui m'irrite encore plus. Je dois justifier, par ce classement ridicule : non c'était une *vraie* fausse couche, j'ai porté un *vrai* embryon mort, ce que j'ai vécu est réel. Je me sens risible de revendiquer le grand âge de mon embryon mort à huit semaines, découvert à douze, pour ne pas être effacée. C'est idiot : comme si les femmes qui apprennent lors d'une échographie qu'elles ont porté un œuf clair et pas un futur bébé ne tombaient pas elles aussi des nues. Elle est médecin également et l'événement est inéluctablement rapporté à une rationalité biologique. Comme si les femmes enceintes ne pensaient pas à l'enfant à venir : lors d'une grossesse désirée, on s'imagine toujours un enfant bien vivant, pas un œuf clair, un embryon mort, un fœtus sans vie ou un bébé inerte. Et c'est toute la spécificité de ce deuil si terrible. On fait le deuil de cette erreur, on s'est trompé, le corps a failli, on a tout imaginé. On s'est préparé à aimer pour rien, il n'y a rien à aimer.

La douleur est donc à la mesure de cet amour vain qui nous reste sur les bras, sans visage et sans forme. Un amour imaginé, c'est difficile à mesurer pour un médecin, ça ne se qualifie pas à l'échographie. Inutile de rappeler qu'il n'y a rien eu puisque c'est ce rien qui est douloureux, comme le raconte justement Duras dans ce texte, «L'horreur d'un pareil amour». «On m'a dit : "Votre enfant est mort." C'était une heure après l'accouchement. La sœur supérieure est allée tirer les rideaux, le jour de mai est entré dans la chambre.»

Tout est déjà dit dans cette phrase, toute la cruauté : le jour de mai que l'on ne ressent pas. Il est entré dans la chambre, soleil de mai réchauffant, mais elle est restée glacée. Elle était dans un autre monde. Le soleil ne la touchait plus, il ne brillait plus pour elle. De la même façon que ma première pensée avait été «Heureusement, il pleut» en sortant de chez la sage-femme.

Elle décrit le vide de son ventre «retombé lourdement sur lui-même, un chiffon usé, une loque, un drap mortuaire, une dalle, une porte, un néant que ce ventre». Elle décrit sa mort séparée : «mort à part, mort à une vie que nous avions vécue neuf mois ensemble et qu'il venait de quitter séparément». Elle décrit sa douleur, mais elle décrit surtout l'incompréhension de cette douleur : «Les gens disaient : "Ce n'était pas si terrible à la naissance, il vaut mieux ça." Était-ce terrible? Je le crois. Précisément, ça : cette coïncidence entre sa venue au monde et sa mort. Rien. Il ne me restait rien. Ce vide était terrible. Je n'avais pas eu d'enfant, même pendant une heure. Obligée de tout imaginer. Immobile, j'imaginais.»

On a tout imaginé et un médecin nous dit : « Il n'y a plus rien. » Il n'y aura même pas de souvenirs, ces choses qu'on ne peut pas nous reprendre, il n'y a pas de mots pour les souvenirs qui n'ont pas existé, il faut oublier. Des rêves, ça s'oublie au réveil... Même ce qui a existé, il faudra le négocier : si, si, il y a eu quelques semaines, ça a existé ailleurs que dans ma tête pendant deux mois, ça a existé plus longtemps qu'un œuf clair, laissez-moi au moins ça, c'est pathétique de devoir quémander...

J'arrive au moment qui m'a décidée à écrire. C'est grâce à un médecin qui est aussi un ami.

Je lui raconte l'histoire de l'œuf clair, il écoute, mais je sens qu'il ne voit pas vraiment ce qui me perturbe. Il ne se dit pas que les fausses couches sont déjà tellement minimisées et effacées, qu'il y a quelque chose de blessant à s'entendre dire que c'est encore plus petit, encore plus négligeable, encore plus rien du tout que ce rien qu'on a pour soi. J'essaye de lui expliquer, je dis sans doute quelque chose sur le tabou des fausses couches, je dis peut-être que les rares fois où on a l'occasion de dire un mot sur sa fausse couche, où on ose en parler, on aimerait ne pas devoir justifier de l'importance de celle-ci ; est-ce que ce n'était pas juste un œuf clair ? Quoi qu'il en soit, il s'étonne : « Ah bon, un tabou sur les fausses couches, tu trouves ? », il ne voit pas les choses comme ça, lui qui est médecin aux urgences, là où les fausses couches arrivent. Je ne sais pas par où commencer, comment m'y prendre pour lui expliquer ce tabou qui me semble pourtant si évident depuis que je l'ai enduré. Et donc, il conclut, pour ne froisser personne, « Je pense que dans le fond, ça dépend des gens, on peut choisir ou pas d'en parler ».

L'ignorance bien intentionnée de ce constat qui se veut ouvert me désarçonne.

Me désarçonne et m'agace, alors qu'on ne s'énerve jamais contre cet ami d'une extrême gentillesse, doué d'une intelligence et d'une empathie le préservant habituellement des conflits. Ça tombe sur lui : je m'énerve contre lui, qui est aussi un homme et un médecin et qui, depuis cette position confortable, pense vraiment que, non, il n'y a pas de problème, il suffit de *choisir* si on veut en parler ou non.

Sait-il que les femmes ont longtemps été réduites à leur fonction procréatrice ? Est-ce qu'il peut s'imaginer la signification d'une fausse couche autrement qu'en termes médicaux ? Je ne sais pas quoi lui répondre, moi qui rumine pourtant ce sujet, déconcertée par l'abîme qui nous sépare sur ce point, alors que je le sais intelligent et cultivé, alors que je l'estime aussi en tant que médecin plus humain qu'un autre. Il n'est pas concerné, ça n'est pas arrivé jusqu'à lui, ces questions, ça ne va pas jusqu'à un homme, ça ne va pas jusqu'à un médecin. Je tente cette image, celle de la jambe cassée, je lui dis qu'à lui, par exemple, nous avions annoncé cette grossesse, il s'était réjoui alors, mais il ne m'a jamais rien dit au sujet de la fausse couche, alors qu'il en conviendrait, si je m'étais cassé la jambe, il m'aurait demandé comment je m'en remettais. Ça ne prend pas, il est trop gentil et me dit qu'il est désolé s'il a été blessant malgré lui. J'essaye de lui expliquer qu'il n'a pas été blessant, il a fait comme tout le monde, il a reproduit le silence obligatoire, le tabou que j'essaye de lui prouver, mais il s'excuse encore, il ne voit pas que je ne veux pas parler de nous mais d'une situation générale, alors j'abandonne, découragée face à ce mur de bonne volonté. Il n'y a pas d'ouvertures dans un mur aveugle, je ne sais pas par où entrer, par quelle brèche l'atteindre. Ensuite, il va le voir et il lui dit : «Je suis désolé, je ne savais pas que Claire avait si mal vécu sa fausse couche.»

Il ne savait pas qu'on vivait si mal ses fausses couches, lui qui est médecin aux urgences, qui doit en accueillir, peut-être même en annoncer, des fausses couches, il ne savait pas et ce n'est pas de sa faute, ce n'est pas en médecine ou en SVT qu'on aurait pu lui apprendre, ce n'est pas non plus quelque chose qu'il aurait pu voir au centre d'un film, qu'il aurait pu lire dans un roman ou voir sur un tableau, quelque chose dont il aurait discuté avec des amis, non, il n'y a pas tellement moyen de savoir, autrement qu'en le vivant. Toutes ces personnes qui n'y ont pas été préparées, qui ne seront pas accompagnées, qui chercheront comme moi sur internet, qui se demanderont si c'est normal que leur fausse couche ne ressemble pas aux «grosses règles» annoncées par un médecin visiblement aussi ignorant que nous, qui chercheront à lire sur le sujet, qui tâtonneront peut-être des mois seules avant de tomber sur le mot deuil, qui chercheront dans le journal s'il n'y a pas autre chose que des faits divers sur des femmes coupables d'avoir fait une fausse couche. Des personnes qui trouveront que c'est bien difficile de faire un deuil quand on ne peut pas en parler, quand il n'y a pas de rites à suivre, quand il faut aussi en avoir honte.

Des personnes qui se sentiront peut-être un peu punies, rejetées, parce que les gens ne savent pas comment faire, ne savent pas faire avec la tristesse, ne savent pas faire face à cette situation inédite. Des personnes dont l'entourage continuera d'enfanter, d'annoncer des grossesses, d'envoyer des photos d'échographie, des faire-part, sans jamais dire tout le reste, en taisant toujours ce qui n'est pas le succès de la maternité et qui n'a pas lieu d'être.

Alors j'ai écrit ce texte.

III

Pourquoi écrit-on ? Je me le suis si souvent demandé que je peux répondre facilement. Je crois qu'on écrit pour créer un monde dans lequel on puisse vivre.

ANAÏS NIN,
Être une femme et autres essais

On écrit pour faire vivre les morts, et aussi, peut-être, comme lorsqu'on était petit, pour faire mourir les traîtres. On poursuit un rêve d'enfant : rendre justice.

CAMILLE LAURENS,
Philippe

J'ai écrit ce texte, parce que j'ai l'esprit d'escalier.

Peut-être parce que, comme le dit Marie Darrieussecq, « on écrit aussi par rumination, comme on trouve, des jours après, la repartie à une vexation ».

Parce que c'est plus facile d'écrire toutes les choses qu'on ne peut pas dire.

Mais aussi, il faut bien le reconnaître, je me suis mise à écrire pour retomber enceinte. J'attendais secrètement un bénéfice secondaire comme on dit en médecine. Je n'allais bien sûr pas le dire dans le texte, ce n'était pas une intention d'écriture assez noble.

Je ne me l'étais même pas complètement avoué, d'abord. Mais au bout d'un mois, deux mois, trois mois, quand je ne suis toujours pas retombée enceinte malgré l'acte d'écriture hautement cathartique que je venais d'accomplir, j'ai compris ce qu'il s'était passé. J'ai compris que le livre ne m'avait pas fécondée. C'est dire si je croyais en lui. J'avais pensé poser le point final, aller uriner sur un bâton et revenir au début de l'histoire. C'est fou comme le simple fait d'écrire une chose que l'on pense sérieusement peut la rendre comique. L'écriture avait bien été cathartique pourtant. Elle avait en effet mis un point final à ma fausse couche, mais en clôturant cette expérience, elle en avait ouvert une autre : celle de l'infertilité. Un autre non-événement, un non-événement permanent maintenant. Je l'ai compris d'un coup, pas parce que cela faisait un an et demi désormais et que la gynécologue nous avait finalement proposé une PMA malgré la normalité de nos examens et l'absence d'explication médicale, mais parce que écrire ce texte n'avait rien changé.

Il aurait été disproportionné d'envoyer un petit mail de deux cents pages à l'ami qui me l'avait fait écrire et qui n'avait rien demandé, objet : « suite à notre conversation d'il y a quelques mois entre 2 et 3 heures du matin », j'espère que tu vas bien, bisous. Quant à faire lire le texte à mon entourage... Il se reproduisait un phénomène que je connais bien : tant qu'une maison d'édition ne l'aurait pas accepté, il n'atteindrait qu'un cercle extrêmement proche de cinq personnes.

J'avais envoyé mon manuscrit à deux éditeurs, l'un d'eux l'a refusé en une phrase : « Sans doute votre démarche est-elle trop éloignée de nos préoccupations. » C'est vrai que j'avais tendu le bâton pour me faire battre, j'avais bien répété combien ce sujet n'intéressait personne, qu'un roman sur la fausse couche provoquerait sûrement de l'irritation et un rejet agacé.

J'ai décidé de laisser tomber ce livre et d'en faire un autre parce que je reconnaissais que c'était un peu malhonnête d'avoir voulu l'écrire en partie pour retomber enceinte. D'ailleurs je trouvais plutôt agaçant que les rares témoignages sur le sujet se terminent toujours par des grossesses, comme si on ne pouvait en parler qu'une fois de nouveau enceinte, quand le mal était effacé.

J'ai donc continué à écrire. Il y avait eu des choses à dire sur le non-événement de la fausse couche, peut-être qu'il y en aurait aussi pour celui de l'infertilité. Ces expériences du vide, négatives, définies par le rien pouvaient compter un peu dans l'écriture.

J'ai aussi continué à écrire justement parce que rien n'avait changé et que ma vie semblait devenir une fiction incompréhensible.

Ça s'était inversé finalement, comme si ma réalité existait plus dans sa narration silencieuse que dans les échanges avec les autres.

Des parents nous disaient, avec bonhomie, « Profitez-en ! », quand ils trouvaient leurs enfants fatigants. Ou quand on expliquait avoir commencé une PMA, c'était un joyeux : « Ah ! Vous aurez peut-être des jumeaux alors ! »

Dans leur réalité, j'aurais peut-être des jumeaux, dans la mienne je devais commencer à envisager l'éventualité d'une vie sans enfants.

Un médecin biologiste nous a expliqué que l'assurance maladie remboursait six cycles de stimulation-insémination, il a dessiné un schéma pour ces six chances auxquelles nous avions droit, et a expliqué : c'est 15% de chances de réussite pour les deux premiers essais, 10% pour les deux suivants puis 5% pour les deux derniers.

J'ai rapporté ces chiffres effrayants à mon frère, lors d'une soirée d'anniversaire, et celle que l'on fêtait a voulu se joindre à notre conversation. Elle a écouté quelque temps en se mettant à côté de nous, elle vacillait un peu sur ses jambes parce qu'il était déjà tard, et quand elle a compris qu'il s'agissait d'inquiétudes par rapport à cet enfant qui ne venait pas, elle a dit, pour être gentille et rassurante j'imagine, pour se montrer encourageante : « Ça va, y a pas le feu ! »

Y a pas le feu, profitez-en !

Du côté médical, il y avait le feu pourtant. Lors de la première insémination, j'ai redemandé des explications à la gynécologue. Est-ce qu'elle avait déjà eu des patients qui, après une première fausse couche tout à fait « normale », se retrouvaient en PMA avec des statistiques affolantes, sans raisons médicales ? Elle ne m'a pas vraiment répondu, mais elle a pris son fameux air du médecin qui a tout vu et qui n'est plus étonné de rien, scientifique qui n'a pas d'explications mais peut toujours avancer des hypothèses : « Ben ça peut être vos ovocytes qui vieillissent. Ou des facteurs environnementaux. »

Mes ovocytes qui vieillissaient à trente et un ans ? Alors qu'ils marchaient parfaitement à vingt-neuf ! On aurait bien dit qu'il y avait le feu, si... Et quel facteur environnemental avait bien pu changer alors que tout s'était figé depuis que j'étais paralysée dans ce présent sans fin ?

Paralysée dans un nouveau temps : certainement le changement le plus déconcertant.

Personne ne semblait l'avoir remarqué, mais je n'évoluais plus dans le temps linéaire auquel on est habitué depuis toujours. Le temps dans sa conception occidentale, le temps des événements qui arrivent, celui qui se déroule et se compte sur une ligne droite, avant ou après Jésus-Christ, ce temps-là avait disparu depuis ma première grossesse. Celle-ci avait marqué une rupture inédite dans l'écoulement linéaire ordinaire : soudain un compte à rebours de neuf mois s'était lancé. Je comptais pour la première fois à l'envers. Moins neuf mois avant sa naissance, moins huit mois, moins sept mois... Des dates s'étaient dessinées dans l'avenir. Mais puisqu'elles n'ont finalement jamais existé, et que je ne suis jamais retournée là où on compte en positif, je suis restée bloquée dans une nouvelle forme de temps, cyclique désormais. En attendant qu'un nouveau compte à rebours me relance vers l'avenir, le temps est resté suspendu : vingt-huit jours est devenu ma minute, mon unité de temps, ma respiration. Je vis à ce rythme naturel, celui des marées, de la lune, du cycle menstruel et cruel qui se répète comme une machine détraquée, un disque rayé, une horloge devenue folle qui sonne sans arrêter. Tous les mois elle sonne le temps qui passe, elle sonne le glas, elle rythme mon piétinement. Ma vie n'a plus rien de linéaire, non, elle n'avance plus vers rien, elle tourne en rond. Elle monte et remonte la pente, Sisyphe éternel. Elle accompagne les ondulations de mes hormones, le gonflement de mon endomètre qui inexorablement se détruit chaque mois, il faut tout recommencer. On reprend les trois phases du cycle maintenant monitoré de près. Phase folliculaire, ovulation, phase lutéale : une valse à trois temps qui finit en ritournelle.

Musique qui se répète en boucle et à l'infini, comme la *Gnossienne*, je suis restée coincée dans cette étrange mélodie. J'écoute, silencieuse. Je regarde, spectatrice, la vie se dérouler pour les autres sans réellement y participer. Coincée dans l'instant présent, je médite ma pleine conscience imposée.

Je ne vis pas cette temporalité cyclique comme le cercle d'une roue, mais comme le rond d'un caillou. Immobile comme les galets, je subis les flux et reflux.

C'est mon corps qui bat la mesure, impose la cadence, je dois me plier aux injonctions de ce corps pourtant devenu étranger : c'est lui qui décide de mon emploi du temps. Tu dois être rentrée à 19 heures pour ta piqûre qui se conserve au frigidaire ! Tu dois changer tes billets de train car l'ovulation arrive plus tôt que prévu ! Corps rebelle qui me joue des tours, que je ne comprends plus depuis qu'il m'a trahie lors de ma première grossesse. Je n'avais pas su sentir la fin qui était passée inaperçue, je n'avais pas relevé les signaux et depuis, je suis restée en alerte : aucun signe ne m'échappera plus. Chaque fin de cycle prend pour moi la forme d'une grossesse, je reste aux aguets. Je tombe dans tous les pièges tendus par mon corps moqueur. C'est physiologique, le corps féminin mime celui d'une femme enceinte à la fin du cycle, les signes sont les mêmes, et chaque fois je tombe dans le panneau. Les derniers jours avant l'arrivée du sang ne sont que doutes et tensions : les règles me terrifient. Je les sens qui montent en moi, ça revient chaque mois comme les grandes marées : dans mon ventre, je sens une vague qui monte, qui se creuse avant de déferler, une vague qui va me broyer. C'était la même sensation quand j'étais tombée enceinte. Ça m'avait tiraillée, la vague dans le bas-ventre, j'allais vérifier aux toilettes mais ce n'étaient pas mes règles, plusieurs jours ainsi avant que je décide de faire le test. J'avais eu du mal à croire à ce début de grossesse, tant il ressemblait à l'arrivée des menstruations. Il faut croire que je ne sais pas bien analyser ces choses-là, quand j'ai débuté en surf, je faisais la même erreur. Je lisais mal la houle : j'étais toujours trop optimiste et je tentais de prendre la vague au mauvais moment, quand c'est déjà trop tard et qu'elle va casser. Je ramais pour la prendre, ça ressemblait à une bonne vague de surf, mais raté, c'est une vague qui va m'écraser, me chahuter, maintenir ma tête sous l'eau et me laisser épuisée au bord des mousses. Chaque fois ce sera plus dur de repasser la barre, d'atteindre l'endroit où l'eau est calme et où il faut se positionner.

J'ai progressé en surf mais je suis de plus en plus nulle en grossesse, je ne comprends pas les règles.

Dans ce passage du *Carnet d'or*, où la narratrice parle longuement de ses règles, elle explique qu'elles occupent une bonne partie de la journée, la préoccupent, mais qu'elle y est globalement indifférente. C'est un « état émotionnel, qui intervient régulièrement mais n'a aucune importance particulière ; je sais que, dès l'instant où j'écrirai le mot "sang", ce sera un excès d'emphase, même pour moi lorsque je relirai ce que j'ai écrit ». Pour moi aussi, les règles avaient été une simple occurrence sans importance particulière, avant de devenir le drame de ma vie. Parler de sang n'aurait dans mon cas pas été un excès d'emphase, ç'aurait été trop faible. Il aurait fallu parler de torture, de déchirement, de blessure intime et invisible qui se rouvrait au plus profond de moi, il aurait fallu parler de larmes de sang que personne ne voit… C'est excessif, mais c'est vrai, et je suis étonnée qu'il n'existe pas de description sémiologique psychiatrique du vécu de l'infertilité ou de la fausse couche. À notre époque pourtant pathologisante où tout éloignement de la norme est décrit et codifié dans des classifications médicales, pourquoi rien sur ces folies-là ? On a, par exemple, décrit en psychiatrie les deuils pathologiques : dans la classification américaine des maladies mentales (le DSM-5-TR), le « deuil prolongé » correspond au trouble F43.8 qui correspond plus ou moins au « trouble du deuil prolongé » de la classification internationale des maladies (CIM-11) dérivé des « troubles de l'adaptation », codé F43.2.

L'invisibilité des fausses couches et de l'infertilité leur a-t-elle permis d'éviter la frénésie diagnostique actuelle ?

C'est sans doute pour le mieux puisque de nombreux psychiatres s'inquiètent des dangers de telles classifications, qui, dans le cas du deuil prolongé par exemple, encouragent la prescription d'antidépresseur dès que le deuil dépasse le seuil des six mois. La description d'une « fausse couche pathologique » ou d'un « trouble de l'adaptation de l'infertilité » dans ces classifications se solderait sans doute par une simple solution médicamenteuse, anxiolytique ou antidépresseur. Pourtant je suis certaine que le désarroi proche de la folie qu'ont provoqué chez moi cette fausse couche et son infertilité n'avait rien d'une dépression.

D'abord c'était une souffrance invisible aux yeux des autres. Toute cette période où j'étais coincée hors du temps passait inaperçue. Pour les autres, j'étais toujours là, rien n'avait changé. J'étais la seule à sentir que je n'étais plus dans le même monde, et j'ai souvent pensé combien il est curieux qu'on n'ait pas plus étudié et décrit cet effondrement paradoxal que provoque l'infertilité : rien n'a changé mais plus rien n'est pareil. Qu'il n'y ait non seulement pas de sémiologie psychiatrique de l'infertilité, mais pas plus de description ontologique puisqu'il me semblait même appartenir à une autre espèce en tant qu'être infertile, comme on nous a appris que le mulet est la version stérile de l'âne.

« Il suffit qu'il manque un tout petit morceau à un doigt pour que ça brise toute la main », disait Miró lorsqu'il parlait de l'équilibre de ses peintures. Une petite chose est enlevée, on retire simplement un élément de la tour de Kapla et elle s'effondre entièrement.

Le système reproducteur est évidemment aussi important et constitutif que le système nerveux, cardiaque ou rénal. Pourtant, alors qu'on sait bien qu'un corps ne fonctionne plus sans cerveau, qu'une insuffisance cardiaque limite drastiquement les capacités physiques, qu'un insuffisant rénal terminal ne vit pas sans dialyse, rien ne devrait changer quand c'est le système reproducteur qui faillit. Effectivement, ces personnes infertiles n'ont pas d'enfants, mais les prêtres non plus et on ne s'en formalise pas. Tout est cependant ébranlé, et comme le dit la philosophe Claire Marin au sujet des maladies dans *La maladie, catastrophe intime*, ce que la médecine échoue à prendre en compte, c'est la « blessure de l'identité ». D'après elle, l'expérience traumatique de la maladie laisse le sujet « dans une absence absolue de représentation possible », un « trou psychique »[1]. Elle explique que c'est cette représentation de soi malade dont on a besoin pour « sortir de cette sidération, pour entrer de nouveau dans la durée et plus généralement dans la vie ». La narration, sous ses

1. Claire Marin cite ici François Ansermet, *Clinique de l'origine*, Éditions Nouvelles Cécile Defaut, 2012.

différentes formes, serait le «support d'une réconciliation avec soi».

S'inspirant des analyses de Didier Anzieu dans *Le Moi-peau*, elle propose que le soin aide aussi les malades à faire peau neuve, et il me semble que dans le cas de la fausse couche et de l'infertilité il y a également une peau à refaire, une identité à redéfinir. Il faut envisager une vie différente, il y a un ajustement de taille à opérer : dans la fausse couche, il faut renoncer à un enfant qu'on pensait imminent, et dans l'infertilité il faut soudain envisager une vie sans enfants. Une vie qui diffère de l'évidence et de la norme – quatre-vingt-quinze pour cent de la population souhaite avoir un jour un enfant (et pense que c'est possible). L'infertilité n'est pas la stérilité : il y a un espoir. On ne doit pas encore quitter le mode de pensée des fertiles, il est exigé qu'on garde espoir et bon moral, qu'on ne soit jamais affecté par l'aisance et la désinvolture avec lesquelles le reste du monde enfante, il faut se réjouir pour les autres comme tout le monde, jouer avec les enfants qu'on aime paradoxalement de moins en moins depuis qu'on en veut désespérément un, il faudrait faire comme si notre vie n'avait pas quitté le chemin général et facile quand il est de plus en plus évident qu'elle s'en écarte.

Est-ce qu'il ne vaudrait pas mieux accepter la situation et décider que l'on n'aura pas d'enfants, se faire une raison ? Est-ce que vous ne passez pas à côté de votre vie pour une vie qui n'arrivera peut-être jamais ? Vous avez tranché : pour ne pas finir complètement aliéné par cette PMA, pour retrouver un jour une vie normale et libre, vous décidez d'une limite. Vous ferez quatre essais de stimulation-insémination, et si ça ne fonctionne pas une ou deux FIV au maximum, après ce sera terminé, vous assumerez une vie sans enfants, vous construirez d'autres rêves. Voilà, vous êtes un peu soulagée de cette décision, au moins cette période atroce aura une fin. Des années à se piquer, se torturer, à espérer pour des déceptions toujours plus amères, non ce n'est pas possible. Votre compagnon pense que c'est une bonne idée, ce sera peut-être plus facile d'aborder cette PMA en imaginant qu'elle aura une fin, oui. Il a sa mère au téléphone, sur haut-parleur, et quand il lui expose votre plan, vous entendez le silence réprobateur au bout du fil. Puis la sentence : « Ce n'est pas très positif, ça. »

Vous aviez oublié ce détail, il faut garder bon moral et bon esprit ! Vouloir un enfant, c'est quelque chose de magique et joyeux, et ça vaut aussi pour les infertiles ! Avez-vous oublié la règle expliquée par Anne Akrich dans *Le sexe des femmes* ? « On peut dire les horreurs qu'on veut sur la maternité à condition de conclure que c'est merveilleux. Que tout bien considéré, c'est toujours mieux de faire et d'avoir des enfants que de ne pas en avoir et ne pas en vouloir. On peut dire ce qu'on veut tant qu'on reste dans les clous du bonheur qui l'emporte. »

C'est presque drôle que vous ne l'ayez toujours pas compris depuis votre fausse couche : la maternité, c'est que du bonheur ! Le reste n'existe pas. Il n'y a pas de parcours difficile, que du positif ! Tout se déroule toujours comme ça doit se passer. Pas de panique. Vous-même, vous expliquiez tout à l'heure que vous aviez quitté la conception occidentale du temps linéaire pour une philosophie de l'instant présent. Vous qui ignoriez auparavant votre corps, vous êtes en pleine conscience. Vous êtes maintenant connectée à lui et aux éléments par le temps cyclique. En tant qu'infertile, vous êtes un sage oriental. De même, face à ces situations, les personnes non concernées font preuve d'une grande spiritualité, entre new age, bouddhisme et dictons façon Lao-tseu. Si vous ne tombez pas enceinte, c'est que « ce n'est pas le bon moment », vous assure-t-on. Voilà l'unique précepte qui devra vous réconforter. Tout le monde semble en savoir long sur ce « bon moment » qui n'a visiblement rien à voir avec celui auquel vous pensiez ni avec celui décidé par les médecins. « *Everything will be okay in the end. If it's not okay, it's not the end.* » Heureusement qu'il y a John Lennon pour accompagner les chemins escarpés de la maternité…

Est-ce que j'ai pensé à voir un naturopathe ? J'ajoute le naturopathe à la liste des choses à faire pour avoir un enfant. L'acupuncteur c'est déjà fait, j'ai même eu droit à un bonus d'inspiration psychanalytique pendant qu'il plantait les aiguilles. Il a demandé sur quoi je travaillais en ce moment, et pour simplifier, j'ai répondu que je faisais une BD sur l'art et ma mère historienne de l'art. Plissement d'yeux et remarque subtile : j'écris sur ma mère et je n'arrive pas à être mère, est-ce qu'il n'y aurait pas quelque chose avec mon côté maternel ? Il faut se tenir prête à se justifier quand on est infertile, les soupçons ne sont jamais bien loin.

Les premiers essais échouent, chaque fois l'explication du « bon moment » – une date mystique et nébuleuse très difficile à saisir. On imagine pourtant mieux la cibler avec la PMA, puisque tout est chronométré : les jours précisément choisis grâce à des dosages et échographies. Il faut surveiller de près l'arrivée de l'ovulation, faire des injections quotidiennes pour la stimuler, parfois la bloquer puis la déclencher. Alors on se sent un peu bête de s'être donné tout ce mal pour s'entendre finalement dire que ce n'était pas la peine : ce n'était simplement pas le bon moment !

On me dit que c'est pour le mieux : si ce n'est pas arrivé avant l'été, c'est que ce sera mieux en septembre, après les vacances, et je me demande chaque fois pourquoi c'est si difficile de simplement compatir, juste compatir et rien de plus, pourquoi il faut que ce soit toujours « pour le mieux » dans ces situations, comme la fausse couche qui était « rassurante malgré le choc de l'annonce ». J'ai du mal à imaginer une autre situation, où à l'annonce d'une mauvaise nouvelle de santé tout le monde réagirait par un stoïque « c'est que ça devait arriver ». Puis j'ai appris à ne pas me formaliser, quand j'ai compris que c'était la réponse consacrée.

Inutile de s'offusquer de ces paroles, il ne me restait qu'à les écrire pour comprendre ce qui me rendait aigrie au contact des autres, comment la société s'y prenait pour me sembler soudain si corrosive, pourquoi mon environnement était devenu involontairement blessant depuis qu'on avait décidé d'avoir un enfant et qu'on n'y arrivait pas.

Comment était né ce désir d'enfant et comment avait-il fini par devenir si destructeur ?

Je me souviens qu'on avait cru avoir l'idée du siècle. On réinventait la roue et l'eau chaude en même temps. C'était le deuxième confinement, début novembre 2020, je me demande si on ne s'ennuyait pas un peu, aussi. J'ai eu honte après de me souvenir que c'était peut-être parti d'un ennui, à cause du confinement et de l'isolement, peut-être que j'avais été punie d'avoir eu un désir si peu noble. On discutait tous les deux, on riait pas mal, c'était un vendredi soir, on s'était servi un apéro à la maison faute de pouvoir sortir, on faisait des Moscow Mule à l'époque – vodka, ginger beer, concombre –, on jouait au backgammon, on répétait « Où sont les copains ? » parce qu'on habitait au bout du monde et qu'on n'avait pas le droit de se déplacer. On a eu cette idée comme si on était les premiers humains sur terre, très peu d'amis avaient alors des enfants. Après, quand ils ont eu le temps d'en avoir envie eux aussi, eu le temps de tomber enceinte, de passer une grossesse entière, d'accoucher, même parfois d'en lancer un deuxième pendant que le temps s'était arrêté pour nous, j'ai eu la sensation d'être un inventeur de génie qui aurait oublié de protéger son idée, j'aurais dû poser un brevet. Le monde entier s'était saisi de mon idée avant même que je réussisse à en faire quelque chose, elle était tombée dans le domaine public, je ne pouvais rien y faire. Bien sûr, on est contents pour les autres, je ne souhaite à personne ce qu'il nous est arrivé, mais parfois c'est cruel de voir la terre continuer à tourner pour le reste du monde, alors que tout est gelé pour soi.

C'est cruel de voir autour de soi des enfants naître avec les prénoms qu'on pensait donner aux siens. De se faire ainsi dépouiller sans rien pouvoir dire, premier arrivé premier servi. Je suis retournée dans la maison de nos grands-parents où l'on avait passé, enfants, les meilleures vacances entre cousins, et rien n'avait changé. Ou plutôt tout avait recommencé : il y avait un nouveau grand-papa et une nouvelle grand-maman, mon oncle et ma tante, il y avait des enfants qui jouaient aux mêmes jeux que nous, dans les mêmes mares que nous sur la grève. Ils faisaient cette même blague le soir, quand on faisait semblant d'attendre l'arrivée du rayon vert au moment où le soleil disparaît dans la Manche. Il y a eu un feu d'artifice une nuit sur la plage et on a réveillé les enfants comme on m'avait réveillée pour mon premier feu d'artifice sur cette même plage exactement. Un des souvenirs les plus éblouissants de mon enfance, ce moment allongée sur le sable froid à une heure où on doit normalement dormir, à regarder les gerbes rouges et bleues nous tomber dessus sans jamais nous toucher. Je n'aurais jamais imaginé que ce même spectacle puisse me sembler un jour si cruel. Je n'aurais jamais imaginé me sentir ainsi dépossédée de ce qui ne m'appartient même pas, avoir la sensation que l'on vient se servir dans mon assiette puisque je ne la mange pas, avoir décoré une salle pour une fête où personne n'est venu. Voir les gens commencer à tout démonter, enlever les décorations une à une, me peler de mes rêves inconscients, les cueillir un à un, bientôt ils auront été distribués à tout le monde autour de moi. J'attends à cette table en terrasse, en jetant des coups d'œil anxieux à ma montre, il devient de plus en plus évident qu'on m'a posé un lapin, on finit par prendre la chaise restée vide en face de moi sans même un «Je peux?».

Je n'aurais jamais imaginé ressentir ça, non. Tout avait commencé par le chemin si évident, tellement spontané qu'on n'en a même pas conscience. Je vois maintenant que ce désir d'enfant n'était pas né d'une idée de génie pendant une partie de backgammon. Il s'était doucement immiscé en moi depuis longtemps déjà. Il se profilait depuis toujours.

Je suis retombée sur un carnet du mois qui précédait notre idée de génie. C'était un petit cahier artisanal en papier japonais dans lequel j'avais dessiné une BD, une case par page, dont les couleurs m'ont étonnée : une bichromie rose et bleu. Pourquoi avoir choisi un tel rose et un tel bleu ? Des couleurs qui ne font pas partie de ma palette habituelle, un peu caricatural, le rose des filles et le bleu des garçons, d'ailleurs j'étais rose et il était bleu dans cette BD, bizarre ! Puis je me suis souvenue en relisant : j'avais dessiné l'histoire de la fois où on avait trouvé une physalie sur la plage et qu'on avait cru en mourir. C'est un siphonophore marin qui vit dans les mers du Sud, il arrive qu'il soit déporté par les vents et qu'il s'échoue sur les côtes européennes, j'avais peint cette histoire dans les tons roses et bleus de la physalie. Deux ans plus tard, ce petit livre m'apparaissait comme une métaphore criante de mon désir d'enfant : elle commençait par « un beau dimanche d'octobre dans le Finistère Nord… », je sortais de l'eau pour apercevoir une forme échouée sur la plage, « un genre de petit ballon en plastique gonflé dans la longueur », je l'appelais pour lui montrer en m'écriant : « On dirait une capote qui a fait le tour du monde ! » Il était impressionné et le ramassait tandis que je l'implorais de faire attention, mais il voulait ramener cette chose mystérieuse à la maison pour la montrer à un ami pêcheur. Puis dans sa main la créature se contractait, il disait « Regarde, ça se redresse ! » et moi : « C'est vivant ! Peut-être que c'est dangereux… » L'histoire continuait : « J'ai d'abord pensé au danger, mais la créature m'a hypnotisée par sa fascinante beauté et j'ai accepté de l'amener dans notre foyer. » Page suivante, nous étions de dos, bleu et rose layette, prodiguant des soins (« Je vais lui mettre du sel de rinçage nasal ! », « Attention, ne mets pas d'eau trop chaude ! ») pendant que la voix off commentait : « On a même bichonné la chose, se montrant avec elle chaleureux et attentionnés. » « Après l'avoir rincée et lui avoir confectionné un petit aquarium, on a pu mieux la regarder » : on la voit sur la page suivante entourée de nos visages émerveillés (« Tu as vu toutes ces formes en dessous ? On dirait des fœtus... »). Puis ma main commençait à rougir et me faire mal, il recevait une décharge électrique en retouchant ce qu'on envisageait alors être une sorte de méduse. La rougeur commençait à remonter dans le bras pendant qu'on découvrait sur internet (et si je vous l'apprends, vous n'aurez pas perdu votre temps) que ce n'était pas une méduse mais une physalie, une espèce très dangereuse responsable d'envenimation potentiellement mortelle, qu'il ne fallait surtout jamais la toucher, car même mortes, séchées ou échouées sur la plage, les physalies restent toxiques jusqu'à plusieurs semaines après leur échouage. Puis on appelait le 15, comme recommandé sur internet, ils ne savaient pas ce qu'était une physalie et n'en avaient jamais entendu parler, mais jouaient tout de même leur rôle de médecins en nous infantilisant, ils nous faisaient comprendre qu'on était stupides d'avoir « ramassé une méduse », je n'osais pas préciser que c'était un siphonophore marin et pas une méduse, puis ils concluaient de les rappeler d'ici une heure si des signes de gravité apparaissaient, car ils ne pouvaient rien faire pour nous entre-temps. La BD se terminait sur moi pensive, rose et bleu : « Si tu meurs, j'espère que je suis enceinte… » et lui : « Euh… oui, ce serait sympa… Pour laisser une trace de moi sur terre ! »

Ça alors ! L'idée du siècle n'était pas née d'une partie de backgammon arrosée, elle était déjà là le mois d'avant… Ça m'a étonnée de relire cette BD et de constater qu'elle se terminait sur cette blague où j'espérais attendre son enfant s'il mourait, car c'était alors presque impossible que je sois enceinte. Mais c'est bien ce qu'on voit dans les films : quand un héros meurt, l'héroïne porte souvent son enfant pour qu'il continue un peu d'exister. Je pensais que c'était comme ça que les enfants naissent. Aussi simple que ça : une question d'amour et de belle histoire.

Là était le problème : je vivais ma vie comme une histoire, peut-être que c'est ce que tout le monde fait d'ailleurs et que c'est la raison pour laquelle on me répétait si souvent que ce n'était pas le bon moment, comme si un narrateur omniscient connaissait le bon moment et s'occupait de mon histoire personnelle, s'assurait qu'elle se terminerait bien.

Et je m'épuisais dans cet effort permanent de recomposition de mon récit, passé comme futur : il faut constamment réagencer les événements du passé à la lumière du présent pour conclure que c'est finalement pour le mieux. Chaque mois, il faut réécrire tout le scénario, tout réajuster pour retrouver un équilibre dans la situation actuelle. Parfois, on recroise ces dates imaginées (il serait né aujourd'hui, il aurait un an aujourd'hui…) et on sent encore la présence et le poids de ces vies fantasmées. Ces brouillons d'écriture que personne d'autre n'a lus. On finit par craindre de passer sa vie à imaginer celle de quelqu'un d'autre. On a peur d'avoir mis son existence en suspens pour écrire inlassablement les variations d'une même fiction. Une fiction qui ne se réalisera peut-être jamais. C'est ce que dit Sartre dans *La nausée* : «Voilà ce que j'ai pensé : pour que l'événement le plus banal devienne une aventure, il faut et il suffit qu'on se mette à le raconter. C'est ce qui dupe les gens : un homme c'est toujours un conteur d'histoires, il vit entouré de ses histoires et des histoires d'autrui, il voit tout ce qui lui arrive à travers elles; et il cherche à vivre sa vie comme s'il la racontait. Mais il faut choisir : vivre ou raconter.»

J'avais noté cette phrase pendant ma grossesse. Je ne voulais alors lire que des choses en lien avec l'expérience inédite et extraordinaire qui avait commencé en moi, mais j'avais été très déçue de constater que la littérature ne s'est pas tellement penchée sur la maternité. Comme je commençais à être submergée par la nausée, je m'étais dit – faute d'alternative – que ce serait l'occasion de lire le classique portant le nom de mon symptôme principal. Un livre entier consacré à mon état du moment, *La nausée*. Je ne sais plus pourquoi cette phrase m'avait alors interpellée. Sans doute que je me disais : «Et une femme, ce n'est pas une conteuse d'histoires? Pourquoi ne transforme-t-elle pas cet événement le plus banal en une aventure puisqu'il faudrait et il suffirait qu'on se mette à le raconter?»

L'absence de récit de maternité en littérature m'avait poussée à me tourner vers *La nausée*, et c'est sans doute la raison pour laquelle j'avais alors surligné cette phrase. Mais quand je la relis aujourd'hui, elle me paraît plutôt parler de moi me racontant désespérément des histoires en lisant les signes dans les orchidées, moi qui imagine provoquer une grossesse par l'écriture, de façon romanesque… Cette manie des histoires comme remède à la vie. Peut-être que vouloir tant raconter cette histoire m'empêche de la vivre ? *Il faut choisir : vivre ou raconter.*

Je suis allongée sur le siège de gynécologie pour l'échographie, l'été est fini, début d'automne, c'est le troisième essai. J'ai déjà échoué une fois à cette étape, lors du premier cycle de stimulation – le follicule n'était pas assez grand, la progestérone trop élevée – on avait finalement dû tout annuler, alors je sais maintenant que même cet examen est un obstacle. C'est une étape normalement inconsciente – l'apparition d'un follicule dominant – mais cette phase pourtant antérieure à la procréation m'apparaît désormais ardue.

« Il y en a un beau », dit la gynécologue, et je ressens une décharge d'amour, déjà, en voyant le follicule à l'écran. C'est idiot, peut-être que c'est un amalgame avec toutes ces scènes où la future mère s'émeut de voir son enfant pour la première fois sur cette image en noir et blanc, je suis émue comme si toute une histoire commençait là. Ce n'est pourtant qu'une cellule ! La mienne en plus, c'est ridicule, c'est juste ma cellule à moi, même pas un embryon, et pourtant cette cellule que l'échographie a investie d'un tel potentiel suffit à libérer tout l'amour contenu, tout l'espoir étouffé qui me fait suffoquer. Malgré moi, je me projette dans un scénario, déjà je raconte : je l'aurai aimé dès cet instant… Mais je me reprends, je sais aussi par habitude que si ça ne fonctionne pas, j'aurai une tout autre lecture de ce moment.

Je connais la cruauté de l'espoir. Prise dans cette ambivalence entre espérance et peur de la déception, je me résigne à ne plus rien penser, ne rien interpréter, ne rien imaginer ni dans un sens ni dans l'autre. Cette infertilité me paralyse dans un présent perplexe. C'est un nouveau temps, la nouvelle conjugaison de ma vie entre le futur et le conditionnel passé.

Circonspecte, je reste silencieuse et à moitié vivante seulement, m'efforçant de ne pas trop ressentir, épuisée d'avoir dû déjà tant écrire, effacer et réécrire le scénario de cette histoire qui ne veut pas de moi et qui rejette mon personnage. J'écris un livre qui refuse de m'avoir pour narratrice.

Pourtant cette fois, c'est bon ! La gynécologue me rappelle l'après-midi après avoir reçu les résultats de sa prise de sang : on va pouvoir déclencher l'ovulation ce soir, et l'insémination aura lieu le surlendemain matin.

Difficile de réprimer ma joie, je reste une incorrigible optimiste, je ne peux pas m'empêcher d'y croire à chaque fois.

La médecin me rappelle ensuite le protocole : il devra aller à l'hôpital pour y faire son « prélèvement », le laboratoire traitera ensuite son sperme pour l'optimiser et ne garder que les meilleurs spermatozoïdes. On nous donnera ces précieux millilitres en fin de matinée et nous les apporterons à son cabinet qui est dans un autre quartier. Quand elle nous verra dans la salle d'attente, elle me fera l'insémination intra-utérine « entre deux patients ».

Quand je lui raconte le programme, il dit : « Elle t'inséminera dans la salle d'attente ? » et on rit, car il nous semble qu'on n'a jamais été aussi proches du but – des optimistes –, ça nous rend heureux. Il est impressionné par la quantité de liquide qu'il faut que j'injecte dans mon ventre pour l'ovulation, beaucoup plus que les injections des autres jours, tandis que je suis rassurée par tout ce liquide qui se voit à l'œil nu : je suis certaine d'avoir bien injecté quelque chose, c'est tangible. Tout semble parfaitement sous contrôle. On sait enfin ce qu'il se passe, plus de foutu mystère de la procréation : il y a un beau follicule, je l'ai vu à l'écran, les taux d'œstrogène et de progestérone sont parfaits, j'ai vérifié sur la prise de sang, ils indiquent que l'ovulation va arriver mais on prend les devants en la provoquant avec cette injection pour être certains de contrôler le timing, trente-six heures plus tard le follicule se brisera et l'ovule sera libéré. La gynécologue amènera les spermatozoïdes les plus vaillants jusqu'à l'intérieur de l'utérus. Ils n'auront même pas à se fatiguer pour franchir le col le plus difficile, le terrible col de l'utérus. Plus rien ne pourra s'opposer à la rencontre entre mon ovule et son spermatozoïde !

C'est sûr que ce n'était pas comme ça que j'avais imaginé faire des enfants, mais je ne suis plus dans ces considérations depuis longtemps maintenant : la simplicité, la spontanéité, l'insouciance, c'est pour les autres, je l'ai accepté et suis franchement heureuse en ce jour d'octobre où nous allons à l'hôpital. *Par un beau jour d'octobre dans le Finistère Nord…* deux ans plus tard. Je ne fais pas semblant, je ne suis même pas cynique ou ironique, non, je suis heureuse, je me dis que j'ai de la chance d'avoir accès à ces aides médicales. Sur le chemin du service, je lui raconte que j'ai regardé sur internet le prix du stylo d'injection hormonale que j'utilise et qu'il coûte plusieurs centaines d'euros, je trouve qu'on a de la chance d'y avoir accès gratuitement en France.

Mais dans le service, ça me rattrape, je ne peux pas m'empêcher d'être un peu écœurée par tout ça, les faire-part partout sur les murs, toujours les mêmes, les affiches, cette salle d'attente avec ces couples. Je n'ai jamais vu autant de robes à fleurs que dans cette salle d'attente : on dirait qu'ils vont à un mariage sur une plage. Des sandales à talons. Des ongles manucurés. Elles sont irréprochables, leurs tenues crient «Mais si, je fais de mon mieux!», elles doivent surjouer la féminité pour prouver qu'elles méritent d'être mères. Les couples aussi doivent être parfaits, une main posée sur le genou d'à côté pour montrer qu'on s'aime assez.

Je baisse les yeux pour échapper à la salle d'attente, mais les images m'assaillent par détails, la lanière de cuir qui comprime les orteils vernissés, la dame hésite à aller faire pipi, elle a peur de rater son tour, peur de rater l'enfant parce qu'elle est allée aux toilettes au mauvais moment, il insiste pour qu'elle y aille, elle se lève et les lanières de cuir s'enfoncent dans sa peau, le talon instable grince. J'essaye de ne pas regarder mais ça continue à s'imposer, les morceaux grossièrement cadrés comme dans une photo de Martin Parr, ce rouge à lèvres qui dépasse de la lèvre supérieure, cette main moite sur le genou. J'ai peur de me fondre dans le monde grotesque de la salle d'attente. Un médecin arrive et appelle la dame qui vient de se lever, il repart quand le mari lui dit qu'elle est juste allée aux toilettes. La dame revient et panique. Je vais au secrétariat pour voir où ça en est, je demande quand le prélèvement sera prêt, car on doit être au cabinet de la gynécologue avant midi.

La secrétaire n'a pas l'air commode, elle ne répond pas et me demande seulement qui est mon médecin. À ma réponse, elle rétorque que l'insémination se passera ici. Il insiste, on nous a bien expliqué qu'il fallait récupérer le prélèvement puis aller au cabinet de la gynécologue pour y faire l'insémination. La secrétaire commence à s'exaspérer et tape rageusement sur son clavier pour vérifier « son planning ». J'attends en regardant le nez de la secrétaire qui est posé au-dessus de son masque comme un oiseau sur une branche, j'attends en regardant son badge qui indique Anne-Laure, j'attends en regardant les faire-part sur le mur, toujours les mêmes faire-part en tas, et je me demande pourquoi les gens envoient leurs faire-part à Anne-Laure qui se contrefiche probablement de la naissance de Timéo, elle ne sait même pas qui c'est Timéo, elle a l'air de détester son travail. Peut-être que les gens se contrefichent aussi d'Anne-Laure, elle n'est qu'une institution pour eux, un genre de monument auprès duquel les amoureux attachent un cadenas en gravant leurs noms. Ils veulent peut-être que leur enfant soit accroché sur Anne-Laure comme leur amour sur le pont des Arts, montrer qu'ils sont passés par là comme on plante un drapeau en haut d'une montagne… Anne-Laure relève une tête excédée et répète que sur son planning notre docteure est au bloc ce matin. Je ne comprends pas, on ne nous a pas dit ça et Anne-Laure prend une tête de porte de prison pour répéter ce que dit *son* planning. On reste quand même plantés là alors elle finit par se tourner vers ses collègues pour demander si quelqu'un sait où est notre gynécologue aujourd'hui. Je le sens qui commence à trembler de rage à côté de moi, on échange un regard et il me dit entre ses dents : «Pas maintenant, on lui dira quelque chose quand elle nous aura donné le truc, pas avant.» Je pensais la même chose, qu'il fallait rester calme surtout, et j'ai envie de rire du comique de la situation. Nous sommes à la merci d'Anne-Laure, tout ce chemin pour en arriver là et Anne-Laure peut décider ou non de nous donner notre précieux prélèvement, peut-être même qu'elle peut cracher dans un tube et nous dire que c'est notre sperme, bonne chance ! Nous dépendons d'Anne-Laure pour faire un enfant. Mon portable vibre dans ma poche, c'est un message d'amis proches : «Notre famille s'agrandit !», photos du nouveau-né, sourires de la sœur à côté de lui.

Ils vivent leur vie de leur côté, c'est normal, mais à cet instant précis, ça me semble indécent de recevoir ce message pendant qu'on est bloqués au stade d'Anne-Laure, un stade bien antérieur à celui du blastocyste, de l'embryon, du fœtus, de l'enfant, de la famille qui s'agrandit : un obstacle à la procréation dont le reste du monde n'a même pas conscience. C'est terrible, mais je reçois ce message dans la figure, comme si on venait me poursuivre jusque-là, jusqu'au bureau d'Anne-Laure. Les Timéo et les familles qui s'agrandissent, je ne peux pas les voir dans ces murs. Je range mon téléphone, je répondrai plus tard. Je m'en veux tout de suite d'avoir eu cette première réaction d'exaspération mêlée de découragement. Ça y est : je suis devenue un monstre. C'est ce qu'il y a de plus horrible dans tout ça, c'est vraiment un drôle de mal dont je suis atteinte : le bonheur des autres me blesse maintenant. Je savais qu'ils allaient avoir un enfant à cette période, pourtant ce message devant le bureau d'Anne-Laure, c'est une gifle. C'est de l'acharnement, c'est comme ça que je le reçois. Et c'est ce qu'il y a de plus triste : constater que je ressens ces choses-là malgré moi, parce que ça ne se contrôle pas une émotion qui vous gifle. On ne peut pas l'éviter, c'est trop rapide, j'avais beau y être préparée, ça a quand même réussi à me surprendre à cet instant-là où ce qui nous arrive à nous semble si éloigné de ce que vivent les autres. Ça va passer, et puis je répondrai le message de circonstance et heureusement personne ne saura jamais que j'ai d'abord reçu ces mots comme un clou dans la tête, on ne devinera pas que ce message tout ce qu'il y a de plus classique aura provoqué ces émotions pas jolies jolies en moi et que je me suis jugée sévèrement pour ça.

C'est un message tellement classique, une phrase si ordinaire et convenue – le genre agréé qu'on lit sur les faire-part de naissance – qu'il n'en existe probablement pas d'autres pour les situations de ce type. Qu'est-ce que je voudrais ? Il n'y a pas d'autre façon d'annoncer cette naissance et donc pas d'autre conclusion que de se considérer comme un monstre quand on se sent agressé par une telle phrase. Courte et simple pourtant, juste : « Notre famille s'agrandit ! » L'absence d'originalité autour de la maternité me frappe encore, toujours les mêmes phrases sur les faire-part, mais on ne juge pas les gens pour un simple manque d'originalité. Ça me revient maintenant, cette phrase c'est exactement la même qu'avait utilisée l'assurance maladie pour m'envoyer ses prospectus après ma fausse couche : « Votre famille s'agrandit. » Une phrase de dépliant, de tract – avec une photo parfaite, on pourrait croire que c'est une pub pour les soins dentaires – ce sont les phrases de la maternité.

La semaine suivante j'aidais ma belle-mère à répondre à ses SMS sur son téléphone : elle était très malade et trop fatiguée pour écrire, alors je lui lisais les messages et elle me dictait ses réponses. Je suis tombée sur un message du père de cet ami qui venait d'avoir un enfant. Il annonçait lui aussi la naissance à ma belle-mère, c'était l'annonce à la génération du dessus. À nous qui n'arrivions pas à avoir des enfants, nos amis avertis écrivaient simplement : «Notre famille s'agrandit !», phrase efficace empruntée à l'assurance maladie, message qu'on peut diffuser largement, tant pis pour les fausses couches qui reçoivent le prospectus. À ma belle-mère qui rêvait d'avoir des petits-enfants, celui qui était déjà grand-père écrivait : «Tu as peut-être appris l'arrivée d'un petit X, et tu sais comme nous espérons qu'il y en aura un pour toi aussi à la fin de ce tunnel.» C'était aussi simple que ça. Il existe donc des phrases d'annonce différentes, des tournures qui prendraient en considération la situation de la personne à qui on s'adresse. Et pourtant cela me semblait extraordinaire – du jamais-vu ! – qu'il ait eu la délicatesse de ne pas oublier que ma belle-mère aimerait aussi avoir des petits-enfants. On pourrait penser que ça a moins d'importance à leur génération, qu'elle n'est pas aussi touchée que nous par la malédiction : elle n'est simplement pas encore grand-mère alors que nous ne serons peut-être jamais parents. Mais il s'est souvenu de notre cas particulier et ne l'a pas ignoré. Ces détails ne sont pas insignifiants : c'est tout de suite plus facile de se réjouir pour les autres quand ceux-ci disent aussi qu'ils n'oublient pas ce que l'on vit, quand il n'y a pas seulement le discours victorieux et écrasant de la maternité.

Mais je n'en avais moi-même pas conscience avant de tomber sur ce message par hasard. Je concluais que je devais vraiment être un monstre pour recevoir des bonnes nouvelles comme des gifles. Comment imaginer qu'on pourrait faire autrement quand on voit toujours les mêmes faire-part et annonces partout, quand on dirait qu'il n'y a qu'une seule histoire valide dans le royaume de la maternité : il n'y existe que des *On a passé l'écho !* et des *Notre famille s'agrandit*, jamais des *On a passé l'écho alors que vous l'avez ratée*, et encore moins des *Notre famille s'agrandit pendant que vous vous débattez encore avec Anne-Laure à l'accueil de la PMA*.

On a fini par réussir à surmonter l'épreuve d'Anne-Laure. Le dragon vaincu, nous pouvons avancer jusqu'au niveau suivant. Finalement notre gynécologue avait changé son planning : elle devait aller à l'hôpital ce matin-là alors elle y avait déplacé ses inséminations du jour qui étaient prévues à son cabinet. Elle nous l'explique quand elle nous fait entrer, elle ne s'excuse pas de ne pas nous avoir prévenus, ça ne s'excuse pas un médecin, ça explique juste.

Elle nous demande nos cartes d'identité, lui dit qu'il peut s'asseoir sur cette chaise. Nous échangeons un regard silencieux quand la gynécologue fait passer un petit tube à travers mon col pour injecter le prélèvement, le genre de regard qu'on échange à travers une salle de classe, on a un peu envie de rire mais on sait qu'il ne faut pas avec cette prof-là, ça rigole pas. C'est terminé, prise de sang dans douze jours à la recherche de bêta-HCG pour savoir si ça a fonctionné. On appelle ça l'« attente bêta » dans les jargons de PMA. Il n'y a plus qu'à attendre et à traîner sur des forums aux noms infantiles, « Les cigognes de l'espoir », « Magicmaman », je lis ces échanges dans lesquels les femmes sans enfants parlent comme des bébés : fofo pour follicule, gygy pour gynéco, picpic pour injection... Est-ce un désir si puéril de vouloir un enfant, un jeu de poupée ? J'ai peur de cette régression, de cet abrutissement. J'ai ces forums et ces sites en horreur, mais je m'y échoue malgré tout. Je ne sais pas ce que je fais là, comme dans la salle d'attente, à lire cette discussion idiote où une femme est lynchée parce qu'elle a osé demander s'il était autorisé de boire pendant cette fameuse « attente bêta ». Elle s'était protégée pourtant cette pauvre dame, elle avait posé sa question sur le verre à l'apéro sous couvert de « mon choix est fait, mais c'est juste pour savoir ». Une internaute modèle lui répond en questionnant sa motivation à la maternité « si le verre à l'apéro est si important ». C'est une bonne mère, elle, son CV d'infertile le prouve. On le voit, elle a fièrement indiqué son parcours à côté de son nom selon l'usage de ces lieux virtuels, comme on porterait des pin's ou des médailles, elle a écrit sous son nom : 4 inséminations, 2 FC (fausses couches), 3 FIV en 2008 (fécondations in vitro), en 2009 notre petite Lola est là. Comme dans la salle d'attente, ces femmes doivent être parfaites, redoubler d'efforts pour avoir le droit d'enfanter. Le verre qui n'est même pas questionné pour les femmes dont la grossesse est spontanée, un verre avant un retard de règles, dans cette période où l'on ne sait pas encore, où l'embryon n'est même pas encore implanté, ce verre est interdit pour les infertiles. Ce n'est pas tant que ça changerait quelque chose, c'est une compétition de dolorisme et d'abnégation : jusqu'où êtes-vous prête à aller pour être mère? Plus grand est le sacrifice, meilleure sera la mère. Celle-ci qui pense à son apéro est tout en bas du classement, cette autre avec son CV de guerre est tout en haut. Je repense aux couples dans la salle d'attente – robe à fleurs, main sur la cuisse, se retenir d'aller aux toilettes –, ils pensaient peut-être qu'on évaluait dans cette salle leur valeur de futurs parents. Ce couple est exemplaire, donnons-leur un enfant! C'est normal, je pensais aussi comme ça dans le fond. Quand j'étais tombée enceinte «du premier coup», n'avais-je pas ressenti comme une fierté à cette facilité? C'était comme une validation de notre couple : Darwin s'était penché sur notre lit et avait décrété : «Ces deux-là, on a besoin de leur descendance! C'est de l'ADN comme ça qu'on veut pour l'espèce humaine!» C'est vrai, on l'apprend en SVT, la sélection naturelle a deux modalités pour favoriser les individus les plus adaptés : soit elle joue sur la mortalité, soit elle joue sur la fertilité. Une espèce moins adaptée mourra plus ou se reproduira moins, on nous l'a appris, être infertile c'est être inadapté. Alors il faut filer doux quand on est infertile, on est sur la sellette, on n'ose pas aller aux toilettes, on n'a pas le droit de demander si on peut prendre un verre à l'apéro. Il faut faire profil bas, être irréprochable, on n'a pas accès à ce luxe des désirs insouciants. Moi-même, je n'avais pas osé demander à la gynécologue pour le verre à l'apéro. Je sais pourtant que ça n'est pas grave, un verre dans la période préimplantatoire durant laquelle il n'y a pas encore d'échange sanguin entre l'embryon et la mère, mais à force de lire combien il faut être exemplaire, sur son alimentation, sur tout, je ne sais plus comment me comporter ni quoi penser de rien. La question m'avait brûlé les lèvres, quand la gynéco avait déclaré sur le pas de la porte après l'insémination : « La vie normale en attendant la prise de sang ! » J'avais failli demander, mais je me suis retenue, j'ai eu peur que la médecin ne s'offusque : « Boire ? Non mais enfin ça va pas ? Vous n'avez pas déjà complètement évincé l'alcool pour optimiser votre fertilité ? » La gynécologue avait vu mon hésitation, alors elle avait ajouté, avec un air satisfait de sa clairvoyance : « Vous pouvez avoir des rapports. » Puis en voyant que je ne m'attendais pas à ça : « Non parce que parfois, il y a des gens qui ont peur que ce soit contre-indiqué. » Et intérieurement le rire me gagne, la comédie me gagne, les gens ont peur qu'avoir un rapport sexuel les empêche de tomber enceintes. Le sexe comme dernier moyen de contraception, voilà où nous mène la folie de l'infertilité, vers quel type de pensée absurde. Les mêmes que je lis sur ce forum où une dame affirme maintenant que ne pas boire peut faire diminuer l'attente bêta.

Toutes ces conversations m'angoissent, mais j'y vais quand même, c'est le seul endroit où on parle de ma situation, même si je ne me reconnais pas vraiment dans celles qui s'appellent entre elles les PMettes ou les FIVettes. Toujours les suffixes en -ette pour les choses plus petites, comme on nous a expliqué à l'école. C'est une plus petite femme, une femme infertile. C'est sans doute pour ça les robes à fleurs, faut compenser. Faut rappeler qu'on reste une femme même si on n'est plus qu'une demi-femme.

L'insémination n'a pas marché, même lui n'y a pas cru quand on a lu les résultats, il m'a demandé si c'était sûr. Il faut vivre cette déception pour comprendre qu'on n'arrête en fait jamais d'espérer. On pourrait croire qu'on s'y serait fait depuis le temps, mais chaque fois c'est une vraie surprise. C'est inexplicable : même la médecine était de notre côté cette fois ! Tout était aux petits oignons, précis, le follicule, les hormones, l'ovulation monitorée et déclenchée, les spermatozoïdes triés sur le volet, les meilleurs amenés juste devant l'ovule, ils n'avaient plus rien à faire, qu'est-ce qui a bien pu bloquer ? La PMA donne une illusion de contrôle, précisément là où on ne peut plus contrôler.

On se fait à l'échec et on recommence. Je retourne à la pharmacie chercher des médicaments, il y a ce moment où l'anonymat tombe pour aller droit dans l'intime. Je tends une ordonnance et tout le drame de ma vie est là, en quelques lettres bien rangées. Comme au laboratoire quand je donne l'ordonnance pour la prise de sang « bêta-HCG 12 jours après l'insémination », tout est là, tout mon (dés)espoir en une phrase. Souvent le « 100% » prend un peu de temps s'ils ne sont pas habitués à la pharmacie, il faut parfois remontrer le papier de l'assurance maladie qui dit que je bénéficie d'une prise en charge entièrement remboursée. Un papier et voilà mon identité : « Stérilité », dit la dame pour expliquer au jeune qui ne connaissait pas ce 100%. Elle lui dit « C'est une stérilité » en regardant le papier qu'il lui montre. Je ne sais pas si elle parle du dossier ou de moi quand elle dit « C'est une stérilité ». Elle a parlé pour le jeune, elle ne s'est pas adressée à moi, alors je n'ose pas lui dire que ce n'est pas une stérilité, sinon je ne serais pas là à acheter des hormones à m'injecter, c'est une infertilité, ce n'est quand même pas pareil. Je pense que c'est important d'utiliser les bons mots, j'hésite à lui expliquer puis je me dis que pour eux c'est pareil, ils vont juste se dire qu'elle ne vit pas très bien sa stérilité celle-là qui leur fait des leçons, alors je ne dis rien. Je l'écris puisque je n'ai pas osé le dire.

L'insémination suivante est aussi un échec.

Ces inséminations ne sont qu'une version optimisée de la procréation naturelle, mais rien qui viendrait pallier chez nous un obstacle connu. Dans notre cas, comme chez quinze pour cent des couples en PMA, l'infertilité est « inexpliquée ».

Nous suspendons finalement la PMA.

Je suis soulagée d'arrêter un peu. Je ne sais plus quoi penser.

Mon cas me semble maintenant irrécupérable sans aide médicale, mais je déteste aussi ce processus médicalisé, je ne vois plus vraiment le sens si c'est pour que tout devienne si laid. Je me dis aussi qu'il faut se méfier de ce sentimentalisme. Je ne sais pas si ce sont les hormones qui me font voir les choses ainsi. Je ne sais plus quelles pensées sont les miennes, lesquelles sont folies hormonales ou aliénation due à la médicalisation.

Je ne sais même plus ce que je crois, comme quand on essaye de démêler les idées délirantes des psychotiques de certaines croyances culturelles magiques. Mes pensées sont emmêlées, empêtrées dans cette PMA.

Je trouve que c'est aliénant, je trouve ce désir d'enfant envahissant et destructeur.

J'échappe à la cyclicité écœurante de la procréation par la cyclicité des journées à ma table à dessiner. Deux planches par jour. Cette répétition-là ne m'ennuie pas, elle m'apaise.

Je dessine les dernières pages de ma prochaine BD et les laisse partir à Paris pour la photogravure, je prends les photos des images qui seront dans le livre pour les envoyer aux éditeurs. Je dois en chercher certaines dans mes carnets d'enfant et je tombe sur mon cahier de poésie de primaire : un poème, un dessin. Il fallait apprendre par cœur, réciter et montrer l'illustration à la maîtresse, elle écrivait TB à côté. Il y en a un de Victor Hugo, *Lorsque l'enfant paraît*. Il décrit le bonheur de l'arrivée d'un enfant dans une famille, j'avais dessiné avec précision toutes les personnes autour du landau. Je lis la dernière strophe :

Seigneur! préservez-moi, préservez ceux que j'aime,
Frères, parents, amis et mes ennemis même
Dans le mal triomphants,
De jamais voir, Seigneur! L'été sans fleurs vermeilles
La cage sans oiseaux, la ruche sans abeilles,
La maison sans enfants!

Et je me demandais pourquoi je vivais si mal cette absence d'enfant. On me l'avait même fait réciter, apprendre par cœur à l'école – c'était la pire chose au monde, à ne pas même souhaiter à ses pires ennemis…

Je note ça dans un coin de ma tête.

Je recopie aussi la strophe dans un carnet comme une preuve que personne ne lit et que je n'ose pas dire. Même Victor Hugo l'a écrit que c'était terrible, on nous l'a enseigné dès notre plus jeune âge, alors qu'on ne vienne pas me servir des «ça va, y a pas le feu» et des «bons moments» en veux-tu en voilà, moi j'ai juste bien appris mes leçons, c'est pas ma faute si j'ai tout bien retenu.

Mon téléphone sonne et je ne réponds pas. C'est un des avantages du bout du monde, on peut décider de ne pas être dérangé. J'écoute le message et je rappelle quand je veux, je sais que personne n'ira jusqu'à ma porte, on ne me dira pas qu'on est en bas de ma rue, je suis tranquille, ici. C'est aussi parce que les numéros que je ne connais pas, c'est toujours le CPF ou SFR.

Cette fois ce n'était pas du démarchage téléphonique, mais une réponse à mon propre démarchage. J'avais reçu quelques mois plus tôt la réponse de l'autre éditeur auquel j'avais envoyé mon texte – «trop éloigné de nos préoccupations» – et j'en avais conclu que le second éditeur ne risquait pas de me répondre. Je tombe de ma chaise en écoutant le message, une personne dit «Nous avons lu votre texte *Le non-événement* et nous l'avons aimé». Elle demande si je pourrais la rappeler en vue d'une parution dans une de leurs collections. La phrase sonne impossible, qu'elle dise le nom de mon texte, qu'elle dise le non-événement, que ce non-événement peut exister dans leurs collections. C'est absurde. On n'aime pas un non-événement, on l'ignore. On fait comme s'il n'existait pas, on dit au mieux que c'est trop éloigné de ses préoccupations ou que ça va, y a pas le feu.

La fin est drôle. C'est une chute, comme dans une histoire alors je vais la mettre ici. Je crois qu'elle fait vraiment partie de l'histoire, parce que si tout ça était une histoire et qu'il y avait vraiment un meilleur moment pour que ça arrive, c'est à ce moment précis de l'histoire que ça arriverait.

Deux semaines après, Lucile tombe enceinte : comme on tombe d'une chaise, comme quelque chose qui vous tombe du ciel comme avait dit ma mère.

Même la surprise est là, ça a réussi à la stupéfier – cette immédiateté – alors que ça fait maintenant plus de deux ans que c'est tellement attendu ; comme au début de l'histoire, le choc de ces deux petits traits, si rapides. Deux traits sur un bâton – comme les bonshommes que dessinent les enfants –, simple et clair, évident.

Il faut choisir : vivre ou raconter, il est temps de terminer puisque la vie reprend. L'écriture m'a bien soutenue quand il n'y avait personne d'autre. Elle m'a aidée quand il n'y avait que le discours médical et l'ignorance du monde, mais maintenant je ne suis plus seule avec ce silence.

J'avais besoin d'elle dans la faille temporelle. Quand je me suis pris les pieds dans la ligne du temps et que je suis tombée dans une chute cyclique, empêtrée hors du temps qui progresse. Locked-in syndrome piégée dans mon corps, voyant la vie continuer d'avancer derrière le seul clignement de mes yeux. Insecte couchée sur le dos, agitant mes mille pattes couvée du regard d'une immense créature observant, indifférente, ma paralysie. Le monde avançait sans nous, mais je continuais cette histoire : c'est à mon personnage que j'ai fait endurer la constante réécriture de cette vie enrayée. Un personnage patient, me laissant être sa narratrice, même quand je passais mon temps à tout recomposer pour retrouver un fil conducteur cohérent dans ce chaos et raconter une histoire qui ait du sens à mes yeux. Camus a bien dit qu'on trouvait Sisyphe moins lassant dans la création.

Tout ça n'aura pas été entièrement effacé, je crois que c'est ce que je voulais dans le fond. C'était si rageant de vivre quelque chose sans pouvoir le raconter, ce tabou et ce silence, que je comprends aussi mon corps qui n'a pas voulu retenter l'expérience. Si c'était pour risquer qu'on lui refasse le coup, non, non, non, il n'était pas d'accord. Pas content, la grève, les bras croisés, sourcils froncés. Pas d'accord tout seul, comme le petit personnage et sa pancarte « Non ! » qui fait sa manifestation au milieu d'un paysage désert sur le dessin de Sempé. Ce corps avait bien compris qu'à l'instant où il reprendrait une grossesse, on aurait vite fait d'oublier définitivement le non-événement derrière. Comme si ça n'avait jamais eu lieu, comme si ça n'arrivait jamais.

Le cours normal de la maternité aurait repris correctement avec ces choses qui se disent et ne se disent pas, celles qui existent et n'existent pas.

Je l'ai vu dès que je suis retombée enceinte, le retour des phrases agréées : « Tu vois, il suffisait juste de penser un peu à autre chose ! », « Il ne faut surtout pas le dire ! »... Celle qui me laisse le plus perplexe : « Fais attention ! » Un conseil vague, on ne sait pas trop à quoi ni comment il faudrait faire attention, mais s'il se passait quelque chose, on ne pourrait pas dire qu'on n'était pas prévenue, on serait sans doute un peu responsable.

Il y a même un oncle, son oncle à lui, qui a refusé d'entendre la nouvelle à Noël, j'étais la seule à ne pas prendre de champagne, mais il ne fallait pas dire pourquoi, il répétait «Non, non, non, il ne faut pas le dire! Tu me le diras plus tard!». C'était tellement comique que tout le monde a ri. Il ne voulait pas que son neveu partage cette nouvelle avant les trois mois, c'était drôle comme scène, un peu du théâtre, enfin guignol plutôt, ça racontait bien comment on fait disparaître les fausses couches. Il suffit de ne pas vouloir les entendre pour les éradiquer, c'est très puissant comme méthode. Toutes ces phrases, ces poncifs admis et jamais questionnés autour de la maternité me font maintenant rire quand je constate combien ils sont grossiers et ancrés, caricaturaux; rire sans doute parce que je suis enceinte sinon je rirais jaune. On se fiche de tout dans le bonheur et je n'ai plus le courage d'argumenter. Peut-être que c'est aussi pour cela qu'on n'écrit pas sur ces sujets, c'est plus facile d'oublier, pourquoi remuer ce passé si cruel? Heureusement que j'avais tout noté avant.

Parce qu'elles sont très puissantes ces phrases. C'est vrai, même après avoir écrit ce texte je dois encore lutter contre l'hésitation à dire ici cette grossesse : ne serait-ce pas un peu audacieux, un peu provocateur? Et s'il se passait quelque chose, est-ce qu'on ne dirait pas évidemment, ben oui mais elle l'a dit trop tôt aussi. C'est un raisonnement efficace : bien sûr que c'est cette parole qui provoque les fausses couches, puisqu'on n'en sait jamais rien sinon. La superstition est validée.

N'est-ce pas trop risqué de noter publiquement la synchronicité entre la reconnaissance de ma fausse couche et la fin de mon infertilité inexpliquée?

C'est pourtant impossible de ne pas la remarquer, après avoir tant parlé du déni social, du vide littéraire et de la banalisation médicale de cette expérience. Après avoir tant souffert du silence imposé par la fausse couche, je ne peux que relever l'effet que provoque son acceptation par une autre institution : je peux en parler maintenant que ça va devenir un livre. On aimerait finalement lire mon texte maintenant qu'on sait qu'il va vraiment exister, qu'il a été validé. Le malaise est dissipé. On peut me demander sur quoi je travaille, je peux dire que j'ai écrit un livre sur la fausse couche *qui va être publié* et alors on peut parler du tabou, car dans ce domaine on a le droit d'être impudique. On peut en parler quand on a l'alibi du livre : c'est légitime sous couvert de littérature.

Non, vraiment, impossible de ne pas noter le radical changement que provoque cette acceptation quand elle se solde par une parole soudain libérée et une fertilité aussitôt retrouvée après deux ans sans explications, deux ans d'évitement jusqu'à l'effacement, deux ans hors du temps. On m'a tant répété d'attendre le «bon moment» et ce bon moment a simplement été celui où on m'a dit qu'on avait lu mon histoire et qu'on l'avait aimée. Une histoire si peu aimable pourtant, une que tout le monde peut connaître mais qu'on n'a pas tellement envie d'entendre. Cette histoire pourrait finalement exister sur du papier, alors qu'on ne lui avait laissé aucune place ailleurs.

Mais n'est-ce pas imprudent de dire tout ça : et si je faisais une nouvelle fausse couche, et s'il mourait à la naissance ou s'il était malade ou malformé?

Je constate encore la force de ce schéma : elle reste ancrée en moi cette omerta, il ne faudrait pas prendre le risque de laisser de traces d'une histoire de maternité ratée. Peut-être même que ça provoquerait la catastrophe d'en avoir parlé. Il vaut mieux ne parler que de ce qui est légitime, certain, acquis.

C'est pourtant absurde quand il s'agit de quelque chose d'aussi fragile et incontrôlable qu'une nouvelle vie, rien ne sera jamais certain.

Alors peut-être qu'il vaut mieux profiter du bonheur quand il est là, même quand il peut avoir une fin. Plutôt que de vivre dans la peur de la catastrophe ou le silence du drame.

Si le drame arrive, il faudra le vivre aussi, mais ce sera moins terrible si on a le droit de le dire.

Les citations sont extraites des livres suivants :

Anne Akrich, *Le sexe des femmes,* Gallimard, 2022.

Judith Aquien, *Trois mois sous silence,* Payot, 2021.

Élisabeth Badinter, *L'amour en plus. Histoire de l'amour maternel XVIIe-XXe siècle,* Flammarion, 1980.

Roland Barthes, *Journal de deuil,* Seuil/Imec, 2009.

Simone de Beauvoir, *Le deuxième sexe,* Gallimard, 1949.

Simone de Beauvoir, *Une mort très douce,* Gallimard, 1964.

Marie Darrieussecq, *Le bébé,* P.O.L, 2002.

Marguerite Duras, « L'horreur d'un pareil amour », revue *Sorcières,* 1976.

Annie Ernaux, *Les armoires vides,* Gallimard, 1974.

Annie Ernaux, *L'événement,* Gallimard, 2000.

Camille Froidevaux-Metterie, *Un corps à soi,* Seuil, 2021.

Camille Laurens, *Philippe,* P.O.L, 1995.

Lorraine Les Bains, *Maisonologue,* Lapin, 2021.

Doris Lessing, *Le carnet d'or,* Albin Michel, 1976.

Claire Marin, *La maladie, catastrophe intime,* PUF, 2014.

Miró, *Je travaille comme un jardinier,* Fernand Hazan, 1964.

Anaïs Nin, *Être une femme et autres essais,* Le Livre de Poche, 2022.

Jean-Paul Sartre, *La nausée,* Gallimard, 1938.

Composition : Soft Office
Achevé d'imprimer
par CPI Firmin-Didot
à Mesnil-sur-l'Estrée, en avril 2024
Dépôt légal : avril 2024
Numéro d'imprimeur : 179565

ISBN : 978-2-07-302820-4/Imprimé en France

599713